짱똘 구르는 소리

Ver 1.0

짱똘 구르는 소리 Ver 1.0

발행일	2019년 2월 15일		
지은이	강용호		
펴낸이	손형국		
펴낸곳	(주)북랩		
편집인	선일영	편집	오경진, 권혁신, 최승헌, 최예은, 김경무
디자인	이현수, 김민하, 한수희, 김윤주, 허지혜	제작	박기성, 황동현, 구성우, 정성배
마케팅	김회란, 박진관, 조하라		
출판등록	2004. 12. 1(제2012-000051호)		
주소	서울시 금천구 가산디지털 1로 168, 우림라이온스밸리 B동 B113, 114호		
홈페이지	www.book.co.kr		
전화번호	(02)2026-5777	팩스	(02)2026-5747

ISBN   979-11-6299-537-2 03810 (종이책)   979-11-6299-538-9 05810 (전자책)

이 도서의 국립중앙도서관 출판예정도서목록(CIP)은 서지정보유통지원시스템 홈페이지(http://seoji.nl.go.kr)와
국가자료공동목록시스템(http://www.nl.go.kr/kolisnet)에서 이용하실 수 있습니다.
(CIP제어번호: CIP2019005334)

강용호 에세이

짱똘 구르는 소리

Ver 1.0

한 소심한 A형 남자가
세상을 향해 던지는

유쾌,
통쾌한 야유!

북랩 book Lab

목

차

I. 수다 떨기

II. 짱똘네 가족

Ⅲ. 등산 이야기

I

수다 떨기

❶
나는 소심한 A형

나는 원래가 신경성 대장 증상을 보이고 있다.
워낙에 쪼잔한 A형 성격인 데다가
갱년기를 맞이한 건지 어쩐지
예민함이 최고조에 달하고 있는 탓이다.

나는 우리 집 또는 우리 회사 내의 화장실 이외의 곳에선
화장실 가기가 불안하고 똥 싸기가 싫다.
꼭 재수 없는 일이 생기기 때문이다.

어느 가을날의 일이다.
바람도 많이 불고 날씨가 우중충하기에
오랜만에 멋을 내느라 바바리코트를 입고 출근했다.
어쩐지 불안하더니 지방 출장길 차 안에서
또다시 그분이 오셨다!

일단은 가까스로 고속도로 휴게소로 직행하였는데
그 와중에도 소심한 성격에 잠시 고민에 빠졌다.
밖의 날씨가 다소 쌀쌀한데 바바리를 입은 채로 갈까?

짱똘 구르는 소리 ver 1.0

아니면 벗고 가야 할까?
'에라이, 화장실에 가서 걸어 놓으면 되지!'라고 생각하고
그냥 입고 들어갔는데
허거걱! 화장실에 옷걸이가 없었다!

뒤는 급한데 바바리를 걷어 올리고 앉으랴,
바지를 벗느라 정신이 하나도 없었다.

그런데, 앗! 바지를 내리다가
주머니 속 동전 하나가 떨어져 옆집(?)으로 굴러갔다.

그게 얼마짜리였더라?
100원짜리까지는 포기할 수 있는데
쪼잔한 내 성격에 500원짜리라면, 우린 절대 포기 못 한다.

바지를 다시 올리고 옆 칸에 가서 노크를 해서 받아내야 직성이 풀릴
텐데.
일단은 급한 불(?)은 꺼야 했고
끙끙대며 옆 칸에 먼저 조용히 선전포고를 했다.

"끙~ 그쪽에 동전 하나 굴러갔지요?"
잠시 후, 왼쪽 칸은 조용하고 오른쪽 칸에서 대답이 왔다.
"뭐요?"
"아니요! 그쪽 말고요! 일 보세요!"

그 와중에도 옆 칸의 아저씨가
'별 미친 X을 다 보겠네!'라고 생각할 것 같아서
마음을 졸였다!
이따가 얼굴을 마주치지 않기를 빌었다!

'아마도 왼쪽 칸에는 사람이 없나 보다'라고 생각했는데
잠시 후 급한 용무를 마치고 옆 칸으로 가니
문이 굳게 잠겨있었다.

아마도 청소도구를 넣어두는 창고인 듯했다.

청소하시는 아저씨를 찾아보려는데 당최 보이질 않았고
한동안 망연자실 그 앞에서 서성이다가
할 수 없이 안타까운 마음을 달래며 발길을 돌렸다.

아! 그러고 보니
허둥대다가 바바리코트 밑단에 물이 묻었다.
소심한 나는 무지하게 찝찝했다.
휴게소를 오가는 많은 사람이
다들 내 바바리 밑단만 째려보는 것 같았다.

그날 온종일
이걸 드라이를 맡겨야 할지, 밑단만 살짝 헹궈내야 할지
당최 마음이 심란했다.

게다가 500원짜리일지도 모를 잃어버린 내 동전만 생각하면…
크흑~!

나는 그 주 일주일 내내 500원짜리 동전만 보면
왠지 가슴이 답답하고 마음이 많이 우울했으며
지금도 그 휴게소를 가게 되면
그 화장실 문 앞을 괜히 서성여 본다.

에혀~

❷ 럭셔리한 향기 때문에

오늘은 간밤에 늦게까지 술을 마신 후
집에도 못 가고 사무실에서 누워 자다가
아침에 샤워나 하러 찜질방으로 갔다.

목욕탕에는 늦은 아침이라서
사람들이 별로 없고 대략 독탕 분위기.
아! 딱~ 한 놈이 있었다.

우리는 늘~ 비누 하나로
머리도 감고 씻고 다 해결하는 데 비해서
가끔 보면 목욕 세트를 한 바구니씩 가져오는
럭셔리과(科) 인간들이 있다.

샴푸도 두세 가지, 린스도 있고, 샤워젤도 멋있고,
면도기도, 면도용 스프레이도 좋은 거다. 쩝.

목욕탕 비누는 냄새가 거의 없는 무색무취인 데 비하여
그 인간들이 가져오는 샴푸와 샤워젤은

목욕탕 안의 향기를 일시에 변환시켜 화사하게 만든다.

오늘은 왠지 바로 옆의 샤워 꼭지에서
럭셔리하게 샤워하고 있는 인간이 부러워서
잠시 째려보고 있었는데
어떤 어릴 적 느낌이 느껴졌다.

누가 좋은 운동화를 신고 오거나
새로운 문구류나 가방을 가져오면
부러워서 잠시 짜증이 나는 그런 기분.
누군가 맛난 과자나 사탕을 입에 물고 있으면
'나도 한 입만 먹어 보았으면 좋겠다!'
라고 생각하며 속으로 삭이는 기분.

그런데
어느 순간에 옆에서 샤워하던 럭셔리 그 친구와
눈이 딱~ 마주쳤고
쪽팔려서 얼른 시선을 피하고자 했는데
그 친구가 이렇게 말했다.
"이 샴푸 한번 써 보실래요?"
허걱! 얼떨결에 샴푸를 받아들고 머리를 감았다.

"샴푸 하셨으면 린스도 쓰세요!"
"샤워젤도 있으니 맘껏 쓰세요!"

15

이런 이런…. 이렇게 친절할 수가.
찜질방 생활 수년 만에 이런 상황은 처음이었다.

암튼, 잘 받아서 쓰고 나니
온몸에 좋은 향기가 폴폴 나는 것이 좋고
'나도 앞으로는 럭셔리한 삶을 살아 봐야겠다!'
라고 생각하고 있는데
원단 럭셔리 친구는
내가 샴푸를 많이 써서 삐졌는지 어쩐지
감사의 표시를 제대로 할 새도 없이 서둘러 나가 버렸고
나중에 다시 만나면
미역국이라도 사줘야겠다고 생각했다.

한편 아침밥도 챙겨 먹어야겠고
옷도 갈아입어야겠기에 일단은 집으로 들어왔다.

그런데 현관에서 마주친 박 여사와 우리 집 강아지 똘이가
동시에 내 몸의 냄새를 킁킁대며 맡는 형국이더니
박 여사가 도끼눈을 뜨고 물었다.
"이거 이거… 이건 또 어느 여자 냄새야?"

우이쒸. 럭셔리고 나발이고
그냥 하던 대로 비누칠이나 열심히 하고 살아야겠다.
끙~!

떨어져 나간 내 살들

엊저녁엔 손톱, 발톱을 깎으며 문득 드는 생각이
왠지 강제로 떨어져 나간 내 살들에 대한 연민이 느껴졌다.

1) 편도선

나는 어릴 적부터 늘~ 목이 아프고
감기도 잘 걸리고 그랬다.

초등학생 때였는데 어머니 손을 잡고 병원에 따라가서
교과서에 나오는 그림과 똑같은 모습의
이비인후과 의사와 만났다.
머리에 동그란 반사경이 달린 머리띠를 두른 의사가
그걸 척~ 내려서 가운데가 뻥 뚫린 곳으로
내 목구멍을 들여다보더니,
"이걸 뭐 하려고 달고 다녀?" 그러더니만
그 자리에서 수술 날짜를 잡아버렸다.

그렇게 내 목구멍의 편도선은 날아갔고

그 덕분에 그 당시엔 무척 귀했던
미제 아이스크림을 일주일 내내 원 없이 먹었다.

2) 포경

목욕탕에만 가면 친구들이 다들 했다고(?)
제 걸 꺼내어 놓고 자랑들을 했지만
나는 몸에 칼 대는 게 싫었고 꼭 하지 않아도 된다기에
무조건 버텼더랬다.

군대에서 위생병이 무지하게 꼬셨지만,
끝내 버티고 제대를 했고
어디선가 들은 이야기로는 청결과 모양 형성을 위해서
언제나 발라당 까 올려놓으면
수술하지 않고도 잘 넘어갈 수 있다는 말에
열심히 실행에 옮겼으나
허거걱! 어느 날엔가 작은 염증이 생겼다.
가끔은 내려둬야 하는데
너무 오래 올려놓았나 보다.

어쩔 수 없이 비뇨기과에 갔더니
의사 선생님이 말씀하시기를
"어디 보자. 이 쓸데없는 걸 뭐 하려고 달고 다녀?
군대에선 뭐 했어?" 그러더니만

"간호원, 수술 준비!"라고 명하고
그 자리에서 싹둑 잘라 버렸다.

그 뒤로 잔신경은 안 쓰고 살고 있지만
사라져버린 그 기관에 대한 향수는 고스란히 남아 있다.

한 가지 아쉬운 것은
수술은 받되 그 기관은 잘 살려서
독일군 철모처럼 예쁘게 만들어 달라고 해야 했는데,
당최 그 당시엔 경황이 없어 놔서 아쉽다.

3) 똥구멍

몇 년 전엔 화장실만 가면 똥구멍이 아파서
병원에 가 보았더니
의사 선생님께서 역시나
"쓸데없는 걸 뭐 하려고 자꾸 키우시나?" 그러더니
바로 수술 날짜를 잡아주었다.
수술 과정과 치료 과정에서 무지하게 고생이 많았지만
암튼 그 이후의 내 화장실 문화는
한층 업그레이드되었다.

다만 왠지 좋아하던 닭똥집이 먹기 싫어져서
애용하는 안주 메뉴 하나가 사라졌다는
애처로운 슬픔이 가끔은 파도처럼 밀려온다.

끙~!

4) 뱃살

몇 년 전 처음으로 산행할 때의 내 모습이 찍힌 사진을 보았다.
뱃살이 엄청나게 많이 사라졌다.
이마저도 다 빼버리고 보내기에는 정말 아쉽고 아까워서

어제도 빡빡한 자전거 라이딩 후에
안주를 열심히 먹어대면서
뱃살을 유지하기에 총력 안간힘을 쏟고 왔다.

음허허~

❹ 지하철에서 나는 캔디 냄새

요즘 원정 라이딩을 하느라 지하철을 자주 타다 보니
지하철 내의 이런저런 풍경이 많이 보이는데
시끌벅적한 아저씨, 아주머니들이 인상을 찌푸리게 한다면
귀여운 아이들은 자꾸만 눈에 밟혀서 자세히 관찰을 한다.
아마도 손주 볼 때가 다 되었나 보다. 에구머니~

어제는 팔당행 기차를 탔다.
맨 앞칸에는 자전거 전용 칸이 있어서 아주~ 편리했다.

자전거를 거치하고 앉아서 두리번거리다가
맞은편에서 향긋한 캔디 냄새를 풍기는 한 꼬맹이를 발견했다.

젊은 부부가 서너 살 되어 보이는 딸내미를 데리고
어디로 놀러 가는 것 같았다. 에고, 예쁜 거!
어쩌다가 꼬맹이와 눈이 마주쳤는데
그 일가족은 '누구~ 딸?' 놀이를 하고 있었다.

아빠가 말했다. "수빈이는 누구~ 딸?"

21

꼬맹이는 "아빠아~ 딸!" 그랬다.
엄마가 말했다. "수빈이는 누구~ 딸?"
꼬맹이는 "엄마아~ 딸!" 그랬다.
그들의 놀이는 한두 번으로 끝나지 않고 끊임없이 이어졌는데
어쩌다가 꼬맹이와 눈이 마주친 내가 주책없이 불현듯 물었다.
"수빈이는 누구~ 딸?"

꼬맹이가 나를 쳐다보며 말했다.
"아저씨이~ 딸!"

나는 얼른 둘러업고 도망가고 싶었는데
갑자기 지하철 내의 모든 사람의 시선이 내게 집중되었다!

그냥 있기에 뻘쭘하고 거시기~ 해서리
주머니에 있던 동전 하나를 쥐여주며 말했다.
"이걸로 사탕 사 먹어라~!"

그런데 꼬맹이가 아주 큰 소리로
"에이~!" 그랬다.

사람들이 키득거리며 웃었다. 우이쒸.
마침 다른 쪽 주머니에 있던 천 원짜리를 얼른 쥐여줬는데
이번에도 꼬맹이가
"에게게~!" 그랬다.

사람들이 또 웃었다. 무지하게 창피했다.
어쩔 수 없이 지갑을 열어서 만 원짜리를 한 장 꺼내어 줬다.
꼬맹이는 히죽 웃었고 옆에 있던 애 엄마가 말했다.
"어머머~! 수빈아, '감사합니다!' 해야지~!"

애 아빠는 "뭘~ 이렇게까지…"라고 말했으나
말은 그렇게 하면서도
사양하거나 돌려줄 뜻은 절대 없어 보였다.

나는 이 가족을 '지하철 상습 슈킹(集金) 사기단'이라 본다.

오늘도 쓸데없이 주접을 떨다가
이렇게 꼬맹이 가족에게 사탕 만 원어치를 슈킹당했다. 쩝쩝~

그래도,
오늘 아침 코끝에서 향긋한 캔디 냄새가 폴폴~ 난다!

❺
시골 다방에서

어제는 직원들과 함께 지방에 출장을 다녀왔다.
어디라고는 절대로 말 못 한다.
왜냐면 이 이야기를 읽은 그 동네 인간들에게
테러를 당할지도 모르기 때문이다.
암튼, 어느 시골 촌구석이라고 해 두자.

잠시 한두 시간 정도 시간이 남아서 놀다 가려는데
하도 촌구석이라서 그런지 피시방도 없고
문득 '다방'이란 글자가 눈에 들어왔다.
나는 옛날스러운 분위기를 맛보고자 다방에 들어섰다.

손님이라곤 우리밖에 없는 썰렁한 실내. 두리번거리며
소위 '레지' 아가씨를 찾았지만 보이지 않았다.
짙은 화장으로 색깔 공부를 하신
늙수그레한 아줌마가 주인인 듯한데
나의 의도를 간파했는지 소가 닭 보듯이 본체만체
놔두는 분위기였다.

우리는 대략 자리를 잡고 앉아서
박자가 맞지 않는 유치찬란한
얼뜨기 내부 인테리어의 촌스러움을 비웃고
메뉴의 다양함에 놀라워하며 한참 동안 수다를 떨고 있었다.

잠시 후, 두둥~!
드디어 내가 기다리던 레지 아가씨가 배달에서 돌아왔는지
호들갑을 떨며 차 주문을 받으러 우리 테이블로 다가왔다.

나는 영화 〈너는 내 운명〉에서
시골 노총각으로부터 모든 여자가 부러워할 만한
지극한 사랑을 받는 사연 많은 다방 레지 '은하' 역의
전도연 스타일을 기대했는지도 모른다.

빨간 립스틱과 미니스커트 하이힐을 신은 늘씬한 다리,
레지 아가씨들 특유의 말투를 기대했는데
일단은 내 기대는 크게 어긋나지 않았다. 빠샤!

바야흐로 재미난 토크쇼가 전개되는 순간이었고
나는 조동이 준비 운동과 함께
입을 부르르 풀어가며 기대에 부풀었다.

이윽고 식순(?)에 따라 다방 아가씨가 먼저 물었다.
"뭐로 드릴까요."

우리 직원들이 장난스럽게 차례로 말했다.
직원 1: "카페라테 있어요?"
직원 2: "나는 헤이즐넛으로!"
마지막으로 내가 말했다. "나는 모카가 좋은데!"

그런데 그녀의 단 한마디,
촌철살인스러운 멘트에 우리는 다들 뒤집어졌다.

주문을 받은 레지 아가씨가 카운터를 쳐다보고는
우리의 디테일한 주문을 완전 무시하고
다음과 같이 크게 소리 질렀다.
"언니! 여기 커피 석 잔! 내 거는 쌍화탕!"

아! 이 언니는 진짜로 강적이었다!
그 시간 이후 다방에 앉아있던 한 시간 동안
나는 별 작업성 멘트 한 마디도 제대로 못 해 보고
그녀의 페이스에 말려서, 대화의 선수도 한 번도 못 잡아 보고
그녀의 수다를 경청하며, 하릴없는 추임새만 놓고 있었다. 쩝.

그 도시를 떠나며 내가 직원들에게 조용히 충고했다.
"시골에 가선 쓸데없이 깝죽대지 말자! 응?"

❻ 인간 모래시계

오늘도 즐거운 라이딩.
날씨도 좋고 풍경도 좋고 소주도 한잔 걸쳤고….
다음 코스는? 목욕탕!
다른 친구들이 바쁜 척 귀가하는 바람에
혼자서 목욕탕에 갔다.

목욕탕에 입장하여 정규 코스대로
간단하게 샤워 후 뜨거운 물에 잠시 몸을 담갔다가
사우나로 입장하였다.

사우나 안에는 대개 시간 체크용 모래시계가 놓여 있지만,
나는 요즈음 그 모래시계를 거의 사용하지 않고
소위 '인간 모래시계'를 활용하는 중이다.

방법은? 다른 인간들이 사우나에 들어갈 때
얼른 따라 들어가서
그 인간이 나올 때까지 버티는 거다.

대개는 내가 다 이기고 있어 승률이 높다!
느긋하게 모래시계 대상 인간보다 늦게 나와서
냉탕에 들어가 풍덩거리면서
별걸 다 뿌듯해하며 혼자 히죽대는 것이
목욕탕 놀이의 진수이며
이럴 때면 이중탕으로 시원하다! 하하.

그런데 오늘은 강적을 한 명 만났다.
이 인간은 나이도 나랑 엇비슷해 보이는데
정말로 만만치 않았다.
나는 덥고 뜨겁고 답답해 미치겠는데,
이미 한계 시점을 한참 지났는데,
나보다 더 버티는 대찬 인간을 만났다.

의외의 강적을 만난 충격으로 헉헉대다가
어쩌다가 눈이 딱~ 마주쳤는데
내 눈에서 적개심이 보였나 보다.
뭐라 뭐라 하는데
더위에 지친 나는 아무런 대꾸도 하지 못하고
잠시 째려만 보고 있었다.

아! 결국은 더 이상 개기지 못하고, 먼저 뛰쳐나와 버렸고
뒤를 이어 기다렸다는 듯이 그 인간이 헉헉대며 나왔다.

아! 젠장! 아마도 그 인간도
나를 '인간 모래시계'로 생각했었나 보다!

냉탕에서 분을 삼키며
2차 도전의 기회를 노리고 있는데
이 인간이 대충 샤워만 하고 나더니
냉탕에서 아직도 버티고 있는 나를 쳐다보고
씨익 웃더니만 알 듯 모를 듯한 곡조의 휘파람을 불며
그대로 나가 버렸다.

나는 괜스레 아주~ 열이 뻗치고
뭔가 모르는 허탈감에 빠져서
목욕탕 침대에 한참을 누워(뻗어) 있으면서
내일은 다시 만날 수 있을까?
다시 붙으면 이길 수 있을까? 고민을 엄청나게 하다가
머리가 띵해져서 목욕탕에서 나왔는데
온몸이 불긋불긋하고 가관이었다. 쩝.

사무실에 돌아와 넋 놓고 있는데
자꾸만 그 인간이 불었던 휘파람 소리가
귓가에서 맴돌고
그 노래가 무슨 노래인지 모르겠어서
또 짜증이 텍사스 소 떼처럼 밀려오고 있다.
에혀~

29

❼
후천성 월말 공포 증후군

나는 불치병을 앓고 있다.
이 병은 내가 만들어낸 신종 병으로,
'후천성 월말 공포 증후군'이라 명명했다!

여자들이 한 달에 한 번씩 달거리를 하듯이
나와 같은 사업장 주인들이
매월 월말이 되면 겪는 증상이다.

대개 월말쯤이 되면 이유 없이 온종일
우울증 환자처럼 세상이 왠지 다 슬퍼 보이고
가슴이 벌렁벌렁하고 머리가 띵~ 하고 아프며
'내가 왜 이 일을 하고 있을까?' 하는 자괴감이 들고
일기예보를 보면서 비나 눈이 오기를 바라고
별의별 쓸데없는 상상으로 아까운 시간을 죽인다.

'남들처럼 낙향해서 텃밭이나 일구고 살까?
근데 어디로 낙향할꼬?
누가 땅은 거저 준다나? 쩝.'

'해외로 이민을 가 버릴까?
근데 어디로 가서 뭘 해 먹고 살꼬? 쩝.'

전화가 올 때마다 죄지은 것도 없이 깜짝깜짝 놀라고,
평소에는 예쁘게 보이던 여직원이
자기 선에서 통화를 끝내주지 못하고
나에게 "대표님! 전화 좀 받아 보세요!"
라고 말하면 무지하게 미워지고,

밥맛이 뚝 떨어져서 점심을 거르기 일쑤고,
식당에 막상 들어가면
대낮부터 소주 한잔 생각이 나서
낮술에 취해 해롱대는 현상도 발생하고,
그리고 말일의 시계는 왜 그리 늦게 돌아가는겨?

하기는 요즘은 야간에도 폰뱅킹,
인터넷 뱅킹이 다 되는 세상이라서
주야 구분도 따로 없다. 젠장!

급여 명세표를 바라보고 있자면
'이놈을 왜 빨리 못 자르고 데리고 가나?' 후회가 막심하고.
평소에 쳐다보지도 않던
직원들의 신상 기록을 꼼꼼히 들춰보고
'이놈은 일도 못 하는 게

31

왜 이리 월급만 많이 받나?' 문득 깨닫고
하나씩 불러다가
과거의 사소한 실수 같은 것까지 들춰내서
난리를 치며 잔소리를 엄청 해 준다.

오늘도 월말이다. 내 맘처럼 가을비치고는 비가 거세게 온다.
IMF 이후에 우리나라 경제가 좋아진 적이 있던가?
오늘도 난 온종일 우울증 환자다.
한(?) 많은 하루가 지나고 퇴근 시간이 어김없이 찾아왔다.

드디어 올 것이 왔다!
팀장 놈이 얼굴을 빼꼼히 들이밀고 말한다.
"우린 준비 끝났는데, 가시죠!"

저런 웃기는 놈. 준비는 무슨 준비?
그리고 제 놈이 무슨 국정원 수사관인가?
"'가시죠?' 재수 없다!"

나는 있는 대로 무게를 잡고 버티면서
목소리를 깔고 말했다.
"오늘은 또 어디냐?"

이런 때 빠지지 않는 푼수 같은 여직원 하나,
그 얼굴이 또 쏙 튀어나온다.
"우리가 하나 개발했는데요.
'김치말이 보쌈' 전문점이 생겼거든요!
2차 코스는 새로 개발한 노래방인데요.
이번엔 진짜로 '금영'이 아니고
'태진' 기계가 설치된 노래방이거든요? 홍홍!"

나는 이 말에 갑자기
온종일 쌓였던 스트레스가 확~ 날아가고
주책없이 입이 찢어지려고 한다.

나는 왜 태진 노래방 기계에서는 노래가 잘되는데,
금영 노래방 기계는 당최
영~ 느낌이 오질 않는지 모르겠다.
쿨럭~

이발 유감

나는 평생에 이발소든 미용실이든
머리를 깎으러 가서 늘~ 핍박을 받아왔다.

초등학생 때까지만 해도 아버지랑 손잡고
단골 이발소에 가서 멋쟁이 아저씨들처럼
하이칼라 머리를 하고 융숭한 대접을 받았는데
그게 내 평생의 이발소를 가는 즐거움의 끝이었나 보다.
중학교, 고등학교를 거치면서 머리 깎기의 수난이 시작되었다.

내 머리통에는 남들은 하나씩 있는 가마가
두 개씩이나 있다는데.
한 번도 내 눈으로 직접 확인할 수는 없었는데
이놈의 가마가 희한한 모양새로 뒤틀려서 붙어 있다고 한다.

그러므로 이발사 아저씨가 바리깡으로
머리를 깎던가 할 때는
몸을 돌려가며 위치를 이동해 가며
때로는 온몸을 비비 꼬면서

깎아야 하는 형국이 연출되기 일쑤이고
종국에는 짜증을 내면서
내 뒤통수를 한두 번씩 꼭 때려 준다. 젠장.

대학생 때는
때마침 장발 단속령이 해제되고
나는 그간 이발소에서 겪은
서러움을 앙갚음한다는 심정으로 머리를 길게 길렀다.
외국 뮤지션 흉내를 내느라 파마도 했는데
미장원에는 가기 싫어서 친구들끼리 해결해 보기도 했고
한여름에는 맥주에 머리를 감아서 말리면
탈색이 된다고 해서 그 짓거리도 해 보고
이발소나 미장원 없이 별짓을 다 해 보았다.

그러나 그것도 잠시 잠깐의 자유였다.
군대에 입대를 하자마자 훈련소에서부터
다시 핍박은 시작되었고
졸병 시절 내내 또다시 뒤통수를 맞아가며 머리를 깎였으며,
되도록 이발 횟수를 줄이려는 노력에 상응하여
두발 단속 때마다 여러 번 걸려서 많이 혼이 났다.

복학 후 졸업 후 사회에 나와서는
정상적인 머리 스타일을 했는데
어릴 적부터 품어온 이발사에 대한 적개심이

35

아직도 사라지지 않고 있다.
예전처럼 뒤통수를 치는 인간은 없는데
자꾸 웃는다. 젠장.
그래서 이발사나 미용사가 자리에 앉자마자
의례적으로 묻는 말,
"어떻게 해 드릴까요?"라고 물으면
나는 한동안 째려보는 것으로 대답을 대신한다.
'알. 아. 서. 자알~! 네 맘대로 해 보세요!'
그런 뜻이다.

"옆머리를 좀 더 치면 안 될까요?"라고 주문해 봤자
"머리카락이 억세서서 뻗치고 곤란하실 텐데요."라고
말할 거고 결국은 제 맘대로 다 할 거면서,
왜 꼭 묻는지 모르겠다.
암튼 이러거나 저러나 간에 나는 머리 깎기가 싫다.

오늘 아침 머리가 덥수룩하다는
박 여사의 지적질이 있었으나
올겨울에는 날씨도 무지하게 추운데
아예 장발로 길게 길러서
로커처럼 폼 잡고 다녀볼까, 말까?
목하 고민 중이다.

❾ 여관에서 만난 친구

어제는 우리 회사의 신년회 회식이 있었다.
당연히 광란의 현장이었고
아침에 눈을 떠 보니 기절하여
직원들과 모처의 여관에서 널브러져 자고 있었다!

술이 덜 깬 상태에서도
아침에 예정된 미팅 생각이 떠오르기에
투덜투덜 일어나 샤워를 하는데
수염이 많이 자란 것처럼 보였다.

일단 대강의 샤워를 끝내고 여관방을 둘러보았으나
당최 일회용 면도기가 보이질 않았고
카운터에 전화를 했는데
아침 일찍이라 그런지 받지를 않고
할 수 없이 친히 내려가 보기로 작정을 했는데
옷을 다 챙겨 입기는 귀찮고
여관방 한쪽에 푸르스름한 가운이 있기에
일단 가운만을 살짝 걸치고

슬리퍼를 끌고 방을 나섰다!

앗! 복도 끝에
카트 차량 하나가 보이기에 비칠대면서 가까이 가 보니
칫솔도 한가득, 비누도 수북이,
캔 음료도 바글바글 담겨 있었다.

일단 매실 주스 한 캔을 까서 단번에 마셔주고
가운 양쪽 주머니에 한 개씩 넣어주고, 아주~ 신이 났다.

그런데 정작 있어야 할 면도기가 보이지 않았다.
카트의 구석구석을 수색하는데
허걱! 복도 저쪽에서 문이 열리더니만 한 사람이 나왔다.
순간 나는 거울을 보는 줄 알았다!

그 사람도 역시나 푸르스름한 가운을 걸치고
비칠대며 내 쪽으로 걸어오더니
열심히 뒤적이는 내게 물었다.
"면도기 없나요?"
"글쎄 말입니다! 일단 한번 찾아보죠!"

새벽 시간 여관의 복도에 같은 의상의 두 남자가
구시렁대며 면도기를 열심히 찾았고
아! 칫솔 더미 속에서 면도기 하나를 찾았다!

보물을 찾은 듯 아주~ 기뻤다!

그러나 내 것만 달랑 들고 방으로 돌아올 수가 없었기에
의리의 사나이 짱똘은 어리바리한 친구(?)의 면도기도
같이 찾아줘야 한다는 생각에 둘이서 쭈그리고 앉아
카트의 밑 칸을 뒤적이고 있는데
그 사람도, 나도 팬티를 입지 않은 상태이니
덜렁거리는 모양새가 가관이었다. 하하.

나도 모르게 쿡~ 하고 웃음이 나오는데,
그 순간 또다시 문 하나가 덜컹!
엄마야! 이번엔 어떤 언니가 황급히 나오고
우리 두 사람은 누가 먼저랄 것도 없이
아랫도리를 가운으로 엉거주춤 여미면서
카트 뒤로 몸을 잽싸게 숨겼다!

그러나 그것은 잘못된 판단이었다!

제기랄. 그 작은 카트 뒤에
건장한 두 남자가 숨어있는 꼴을
그 언니가 못 볼 수가 없었던 것이고
그 언니는 주책맞게도
"어머나! 웬일이니?"라고 큰 소리로
호들갑을 떨면서 아래층으로 달려가고

더욱 당황한 우리(?)는 작별인사도 변변히 못 하고(?)
황급히 각자의 방으로 잽싸게 튀어 사라졌다!
마치 갯벌의 게들처럼. 샤샤샥!

오늘 새벽에는 아주 부끄러웠다!
그런데 샤워하는 내내 괜스레 혼자서 쿡쿡대고 웃느라
면도하기도 무지하게 힘들었으며
오전 미팅 내내 웃음을 참느라 고생했는데
그쪽 팀장이 자꾸 실실 웃는 내가 기분이 나빴는지
행사비 예산도 어이없이 조금 깎였다.

회사에 돌아와
우리 직원들이 내게 짜증을 내면서
당최 뭔 일이 있었냐고 자꾸 묻는데
아직 제대로 대답을 못 해주고 있다.
끙~

10
생일

나는 내 생일을 별로 즐기지 않는데
그 이유는 그날마다 몹시 아프기 때문이다!

결혼 초,
첫 번째 맞는 내 생일이었다.
박 여사에게 살짝 눈치를 줬더니
아침에 미역국을 끓였다.

그런데 미역국에 간장을 들이부어서
완전히 시커먼 국물인 데다가
내가 물에 빠진 해병대스러운 고기들을
무지하게 싫어하는 걸 뻔히 알면서
미역보다 고기가 더 많은
희한한 간장 맛이 나는 미역국을 들이밀며 말했다.
"미역국 맛 죽이지?"
"그래, 죽인다!" 그랬다!

그날 저녁에 누나들에게서 전화가 왔다.

41

생일상 차려 준다고 밥 먹으러 오랬다.
가보니 내가 좋아하는
제대로 된 미역국과 밑반찬들 왕창,
장아찌류, 젓갈류, 나물무침까지…
한 상 잘 차려 주어서 맛나게 잘 먹었다.

이 대목에서 박 여사는 생뚱맞게도
생글생글 웃으며 누나들에게 이렇게 말했다.
"내 생일에도 이렇게 차려 주시려나?"

셋째 누나가 조용히 내게 귓속말로 말했다.
"쟤, 진짜 강적이다!"

잠시 후 한마디 더 했다!
"그런데요. 저는 이런 거 말고
갈비찜이나 잡채, 그런 거를 좋아하는데!"

둘째 누나가 말했다!
"앞으로 네 생일잔치는 이걸로 끝이다!"
에헤~

몇 년 전의 일이다.
생일날 이브에 친구들과 생일잔치를 했는데
2차로 간 단란주점 술집에서 불이 났다.

42

우리는 2층에서 술을 먹고 있었는데
불은 지하에서 발생하였다고 하고
탈출구는 하나밖에 없는 상황인데
그쪽에서 연기가 올라오고 난리가 나서
나오지도 못하고 끙끙대다가
소방관 아저씨가 창문을 뚫고 들어와서
구사일생으로 살아나왔다!

감격스러운 마음에 박 여사에게 전화했다!
자초지종을 듣더니만 한마디 했다!
"얼마 전에 보험 들은 거, 3억은 그냥 날아간 거야?"
농담이라도 열 받아서 전화를 끊어 버렸다.

조금 있다가 전화를 받았다.
좀 전의 말이 미안하다고 전화한 줄 알았다. 그런데…
"근데 휴일 상해는 5억이라며? 조금이라도 다친 데 없나?"
나는 전화를 던져 버렸다!

그날 열 받은 나는 술이 왕창 취해서
박 여사에게 데리러 오라고 전화했더니
"술 처먹었으면 왔다 갔다 고생하지 말고
그냥 찜질방이나 여관 가서 누워 자라!" 그랬다.

택시를 잡아타고 집에 갔다!

43

차에서 내려서 아파트 화단에 벌러덩 누워 버렸다!

경비 아저씨가 어디 사느냐고 물어서
503호라고 또박또박 말해 드렸다!

잠시 후 비상 연락망이 가동되었는지
두둥! 박 여사가 나타났다.

나는 속으로 '그러면 그렇지!' 그랬는데,
그랬는데 말이다.
우리 집 박 여사는 담요를 가지고 내려와서 덮어주더니
"아저씨! 이 인간 술 취해서 자다가 벌떡 일어나 돌아다니고,
아무 데나 오줌 쌀지도 모르니깐, 잘 지켜보세요!"라고
경비 아저씨에게 말하고 그냥 집으로 올라가 버렸다!

나는 뚜껑이 열린 채로 그대로 자다가
마침내 아침에 입이 돌아갔으며
생일 아침에 돌아간 입을 원위치시키느라
아침밥도 못 먹고 출근했다.

난 생일이 싫다!
내 생일 축하 인사는 정중히 사절한다!
꿍~!

11

혈액형 검사

나는 혈액형이 A형인데
어디든 가서 내 혈액형을 말하면
잘 믿지 않는 분위기이다. 당최 왜?

나는 혈액형에 관한 흑역사가 있어
혈액형에 관한 이야기를 아주~ 싫어한다.

초등학생 때 1학년이었나, 2학년 때였나? 가물가물한데
선생님께서 종례 시간에 말씀하시기를,
내일은 혈액형 검사를 하니깐
목욕을 깨끗이 하고 오라고 하셨으며
선생님 말씀을 잘 듣는 착한 나는
집에 돌아오자마자 목욕탕으로 향했다.

우리가 어릴 적 그 당시에는
코흘리개 까마귀사촌들이 많았고
목욕을 연례행사처럼 하는 분위기였으므로
용의 검사나 신체검사 등 무슨 일만 있으면

45

목욕탕에 가는 게 당연한 줄로만 알았고
그 당시 우리 엄니는
장사하시느라 바쁘셨기에
당신이 직접 목욕탕에 데리고 가실 수 없는 경우
나를 남탕의 때밀이 아저씨에게 보내 주셨다.

목욕탕에서 때밀이 아저씨가 시키는 대로
뜨거운 물에 몸을 불려서 침대에 누웠는데
내일 혈액형 검사를 한다고 해서
목욕하러 왔는데 아저씨는 해 봤냐고?
어떻게 하는지 궁금하다고 물었다.

그랬더니 혈액형 검사는 피를 가지고 검사하는 건데
배를 갈라서 심장에서 직접 피를 뽑아서
검사하는 거라고 말해주면서
내 배를 쭈욱 가르는 흉내를 내는 것이었다.

"그럼 많이 아프겠네?"라고 물었더니
아저씨는 당연하다는 듯 눈을 끔뻑끔뻑했다.

아! 그 시간 이후로
다른 때 같으면 때밀이를 할 때
엄청 아프다고 엄살을 피웠을 텐데
그날은 온통 수술 장면을 연상하느라 아픈 줄도 몰랐다.

집에 돌아와서
TV에서 나오는 〈요괴 인간〉 만화영화를 보는데
웬일인지 그날따라 벰, 베라, 베로가
너무 무서워 보여서 보다 말고 TV를 껐으며
밥맛이 없어서 저녁도 거의 거르다시피 했다.

드디어 다음 날 아침.
밤새 악몽에 시달려 뒤척이다가 늦잠을 잤고,
아무래도 학교 가기가 싫어서
아픈 척하기로 맘먹고 일어나지 않고 버텼는데
아버지의 레이더에 걸려서 뒤늦게 학교에 가야 했다.

학교에 도착하니
담임 선생님이 어디 많이 아프냐고 묻더니만
다른 애들은 이미 혈액형 검사가 끝났으니
양호실에 가서 검사를 받고 오라고 하셨고
난생처음으로 양호실에 홀로 찾아갔다.

발발 떨며 양호실에 입장하여
혈액형 검사를 하러 왔다고 말씀드렸더니
몇 반 누구냐고 묻고는 뭔가 준비를 하시는데
나는 떨리는 목소리로 물었다!
"옷 다 벗고 침대에 눕나요?"
양호실 선생님은 대답 대신 피식 웃으시더니

47

갑자기 내 손가락을 무언가로 콕 찌르고
피 한 방울을 무슨 유리판에 찍어 놓고는
"A형이군!" 혼잣말로 말씀하시고
이제 교실로 돌아가랬다!

헐~ 그게 끝이었다.
어제 하루 동안의 길고 긴 고민,
살 떨리는 공포 영화의 끝이 딸랑 이거였나?
나는 밀려오는 배신감에 치를 떨었고
한편으론 너무너무 허무하고 억울해서
교실로 돌아오는 길에 혼자 펑펑 울었다!
나는 A형이다! 소심한 A형!

엊그제 지하철에서도
몇몇 여동 후배들이 내 혈액형을 묻던데
나는 혈액형 이야기하는 걸 아주~ 싫어한다!

그나저나 어제 들었는데
A형은 아침에 일어나자마자 커피를 연하게 타서
두 잔을 마시면 건강에 좋고 정력에 최고라고 하던데.
박 여사야! 커피 좀 타 와봐라!

에헤라 디여~

48

12

공중 부양

오늘은 비 예보가 있어 라이딩 계획은 취소.
어제 먹은 술을 잘~ 깨게 해 주려면
아침 운동으로 알코올성 땀을 배출해 버리기.
이것이 나만의 숙취 해소법으로 딱~이다.

아침 운동을 하려고 나섰는데
현관을 나서자마자 우중충한 날씨,
살을 에는 바람이 운동을 하려는 내 의지를 꺾으려는데
추운 날씨에도 나이 드신 경비 할아버지들이
아파트 구석구석을 열심히 청소하는 모습에
옷깃을 여미고 동네 뒷산으로 향했다.

우리 동네는 수원 칠보산 밑자락이므로
나지막한 등산 코스가 잘 정비되어 있고
아침 공기가 맑은 편이라
등산로를 따라 걷다 보면 이런저런 생각을 할 수 있어 좋고
주변 경관도 꽤 예쁜 편이라
하루를 기분 좋게 시작할 수 있다.

49

그러나 그 알량한 사색도 방해 요인이 있는데
애완견을 데리고 아침에 배변을 시키러 나오는
사람들이 급격히 늘어나고 있기 때문이다.

그래서인지 우리 동네엔 요즘 철학자들이 많이 늘었다.
운동하러 나온 사람들이 모두 한결같이
머리를 땅으로 숙이고 걸어 다니는
진귀한 풍경이 흔하게 연출된다.
애완견들의 흔적을 잘 피하려면
땅을 열심히 보고 다닐 수밖에 없을 거다.

산 중턱쯤 올랐을 때 금방 응가하고 간
따끈따끈한 흔적이 있었다.
이놈은 애완견 수준은 넘어선 상태로,
근처 아파트에서 혹시 소를 애완용으로
기를지도 모른다는 생각이 들 만큼 방대한 분량이었다.

산꼭대기에 올랐다가 내려가는데
문제의 장소를 보니 누군가에 의해
소의 흔적이 지짐이로 변해 있었다.
나도 모르게 웃음이 나며
이왕 밟은 거 어쩌겠나?
로또라도 사시길 기원하며 덕담을 빌어 주었다.

한편 어제 좋은 안주 때문에 술이 과했는지
집에 돌아와서도 아직 알코올 기운이 남아 있어
추가 해독 조치가 필요하여
얼마 전 술자리에서 어느 친구가 알려준
공중 부양을 시도해 보기로 했다.

공중 부양을 시도하려면 우선 가부좌를 틀고 앉아
정신을 최고조로 집중해야 한다.
예전에는 상당히 유연했었는데 이놈의 가부좌 자세도
어느새 제대로 틀기가 만만치 않다는 게 약간은 짜증이 났다.
산행과 라이딩의 영향으로 내 허벅지와 종아리가
심하게 두꺼워진 모양인데
운동도 적당히 해야지, 잘못하다간 화장실 뒤처리도
두꺼워진 팔다리 때문에 힘들어질까 봐 겁이 덜컥 났다.

어쨌든 비스름하게 가부좌 자세를 틀고 앉아서
정신을 집중해 보았는데
여러 가지 잡생각으로 머리가 더 혼란스러워졌으나
정신일도로 가는 길목이라 생각하고 더욱 기를 모아 보았다.

잠시 후, 몸이 조금씩 가벼워지려 하는데,
주책없는 박 여사가 태클을 걸어왔다.
"또 뭐 하고 있나?"
이런 말조차 안 들려야 공중 부양이 될 텐데,

51

갑자기 짜증이 밀려오면서
거의 성공 직전에 있던 기가 흐트러졌다.

못 들은 거로 하고 다시 내공을 끌어모으려고
안간힘을 쓰고 있는데 박 여사가 또다시 한마디.
"앉아서 자냐? 자려면 들어가서 자라!"

모였던 내공이 아무 생각 없는 박 여사의 말 한마디에
허탈하게 밑으로 다 빠져나가면서
'뽀오오~옹!'이란 이상한 소리를 냈지만
이때 몸이 약간 뜨는 걸 느꼈다.

절반의 성공이랄 수도 있는 그런 뜨는 느낌.
이 느낌과 기분을 잃기 싫어 한 번 더 시도하려 했으나
다리가 저려서 휴식 자세로 소파에 길게 널브러진 자세로
운동은 마무리해야 했다.

얼른 화장실이나 가라고 난리 치는 박 여사를 보며
초능력은 주변 상황이 도와주지 않으면 안 되고
아무나 할 수 있는 게 아니라는 확신이 들었다.

에이~ 똥 마려워~

13

아내가 결혼했다

어제는 오래간만에 일찍 귀가하여
집에서 맥주 한잔하면서
케이블 TV에서 방영하는 영화를 한 편 봤다.

영화 제목은 '아내가 결혼했다'
이 영화는 포스터에서 볼 수 있듯이
여성 상위시대를 은근슬쩍 보여주는 것 같다.

요즘 세상은
아무래도 여자가 위에 있어야 편한 것 같다.
땀도 안 나고. 하하.

이 영화는
두 남자와 결혼해 버린 발칙한 아내의 이야기인데
이 황당한 설정은
일반 상식과 보편적 윤리관을 가진 보통 사람이라면
얼른 납득해 주기 어려운 상황일 것이다.
그러나 남녀를 떠나서, 현실 세계를 떠나서,

53

한 번쯤은 상상해 볼 수 있는 상황이 아닐는지….

한편, 우리 부부가 결혼에 합의할 당시,
나는 박 여사에게 분명히 다짐을 받았었다.
"나는 너만 평~생 바라보고 살 자신이 없다! 그래도 오케이?"
우리는 그렇게 결혼을 했고 지금껏 잘 살고 있다.

영화를 함께 보고 난 후에 문득 박 여사에게 물었다.
"우리가 결혼할 때 약속한 거 생각이 나시나?"
박 여사의 반응은 "엥? 뭘?"
아마도 까맣게 잊었나 보다.

그래서 내 입으로 자세히 설명을 했다.
"평생 너만 바라보고 살 자신이 없다던 거?
그러므로 아무 때나 바람을 피우든,
뭘 하든 상관 안 한다고 약속했던 거.
당최 기억이 나질 않나?"

그러자 잠시 멍한 눈빛이던 박 여사는
"아하! 그거? 생각나지! 근데, 왜?"라고 말했고
이건 내 예상 밖의 시니컬한 반응이었다.

반응이 신통치 않아서 찝찝한 나는
"아니. 그냥 잘 기억하고 있나 싶어서."라고 얼버무리고

이 썰렁한 대화를 마무리 지으려고 화장실로 향했는데
박 여사가 내 뒤통수에다 대고 말했다.

"자~알 기억하고 있으니깐 언제든 편하게 가셔~!
우리 집 명의도 내 것이고,
차도 내 이름으로 되어 있고,
통장들도 모두 내가 자알~ 관리하고 있으니깐
걱정하지 마시고 아무 때나 건수 생기면
아무 걱정하지 말고 맘 편히 가셔!"

에이~
오늘도 본전도 못 건지는 하루였다.
끙~

⓮
가라사대 화법

나는 어릴 적부터 타고난
선천적인 말발, 개그 감각을 무기로
친구들 모임이든, 어떠한 불특정 다수가 모인 자리이든
낯을 가리지 않고 좌중의 대화를 리드하고
재미나게 놀아줄 수 있다고 굳게 믿고 살아왔다.
그런데 내 친구 중에는 평생에 도움이 안 되는
천적이 한 놈 있다. 끙~

용철이란 그놈은
초등학교 1학년 때부터 우리 반 친구였는데,
교회를 열심히 다니던 이놈은
목사님들과 선교사님들의 지침(?)을
성실히 수행하느라 그러는지
친구들을 모아놓고 선교 활동을 활발히 하여
많은 친구를 교회로 데리고 갔는데
할머니를 따라 절에 자주 다니는 나를
완전히 따돌리는 분위기가 확연했다.

하루는 여자 친구들을 여러 명 모아 놓고
예의 그 설레발이 시작되었는데
하나님이 인간을 흙으로 만드셨다는 설교 이야기였고
소외감에 울뚝밸이 최고조에 이른 나는
옆에서 무조건적인 태클을 걸었다.
"웃겨, 웃겨. 무슨 흙으로 사람을 만드냐?
하느님이 무슨 도사냐?"

이렇게 시작된 종교 전쟁은 한참 동안이나
서로 간에 이런저런 증거(?)를 대가며 열심히 싸웠으나
좀처럼 쉽게 승부를 낼 수 없었는데,
"하느님은 없다! 귀신도 없다!"라며
무신론을 주장한 내가
용감무쌍하게도 한밤중에 공동묘지를 다녀온 것을 증거로
내 쪽의 주장이 설득력을 얻어 판세가 유리해진 듯했으나
어쩌다가 우리 담임 선생님께서
교회를 다니시는 게 확인되는 시점부터는
이놈이 말끝마다 '선생님 가라사대 화법'으로
나를 퇴로 없는 코너로 몰아댔다. 젠장!

초등학교 6학년 때에 이놈이 또 우리 반이 되었고,
한 번은 친구들과 여럿이서
여의도 광장으로 자전거를 타러 놀러 갔는데,
예전엔 광장 한쪽에 B-29 폭격기가 전시되어 있었다.

우리 친구들은 거기에 놀러 갈 때마다
전시된 프로펠러를 끙끙 들어 올려 보며
이게 '진짜다', '가짜다' 갑론을박이 극에 달했었는데
짜증 나게도 이 싸움의 최종 승리자는
또 용철이 그놈이었다.

내 패배의 이유는 그놈이
"우리 외삼촌이 공군인데, 외삼촌이 말하기를…"이라고
시작하는 가라사대 화법에 따라 기가 죽어서
또 한 번 왕창 무너져 버리고
자존심이 무척 상해버렸다.

그 후 이놈이 다시 고등학생 때에
같은 학교에 다니게 되었으나
다행히도(?) 그놈은 '문과', 나는 '이과'라서
서로 부딪힐 일이 별로 없었다.

그런데 어제 동창 친구들의 모임에
그간 보이지 않던 용철이 이놈이
누군가의 호출로 오랜만에 술집에 나타났는데
이놈과의 유치한 거짓말 싸움은
이 나이가 되어도 별로 달라지지 않았다.

우리가 며칠 전 산행 중에 어디선가 구조 헬기가 나타나
관악산 방향을 향해 날아가는 걸 목격했었는데
한 친구가 혀를 차며
누군가 헬기 비용을 왕창 내게 생겼다고 말했고
다른 친구는 그런 비용을 왜 내냐고 말하며
쓸데없는 전투(?)가 시작되었는데
친구들은 고등학생 때의 모습 그대로
한참이나 우기기 설전을 벌였으며
결국은 용철이란 놈이 또다시
특유의 가라사대 화법으로 전쟁을 끝냈다.

"내 조카가 119에 다니는데,
정확히 125만 원을 내야 한대! 알았어?"

용철이 그놈은 우쭐해 하며 어깨를 으쓱해 보였고
찌그러진 나는 뒤풀이에서 술도 안 취하고
억울해서 밤새 한숨도 못 잤다.

나는 오늘 아침에 출근하자마자
119에 전화해서 사실 확인을 하고
용철이 놈에게 전화를 걸어 사기 친 증거를 대며
취조하는 형사처럼 가멸차게 추궁을 했다.

그러자 한참 동안 말문이 막힌 그놈이
난데없이 동문서답으로 이렇게 말했다.
"짱똘아! 근데 종길이가 그러던데…"
"뭘?" (이놈이 또 가라사대 화법을?)
"네가 꼼장어 맛 죽이는 집을 안다던데."
"그래서?" (이놈이 자다 봉창? 웬 꼼장어 타령?)
"이따가 저녁때 꼼장어에 소주나 한잔할까?"

"엥?"
이 국면에서, 나는 갑자기 입이 헤~ 벌어지고,
군침이 돌고,
망치로 머리를 한 대 맞은 것처럼 아무 생각이 안 들면서
이렇게 말하고 있었다.
"그러면 종길이랑 규민이도 함께 부를까?"

결국 난 오늘도 그놈 덕분에 만취했다.

에헤라 디여~

⓯ 호텔의 미니바

어제부터 현장답사 긴급 출장 중이다.
저녁에 그쪽 동네 담당자와 만나 술 한잔하고
그 양반이 추천하는 호텔에 투숙했는데
이번 출장의 최대 실수는 숙박의 문제다.

첫 번째 문제는 쓸데없이 좋은 호텔을 예약하는 바람에
TV에서 우리가 지방 출장 때마다 즐겨보는
야동 비디오 채널이 나오지 않는 것이었다!
에이~

두 번째 문제는 호텔 미니바의 문제였다.

시골 동네인 이 동네는 당최 밤 10시가 넘어가면
모두가 문을 닫고 아무것도 없었다!

호텔로 들어와 뭔가 허전한 느낌에
한잔 더 해야겠는데 미니바가 눈에 밟혔다.

61

평소엔 이놈의 미니바는 가급적 쓰지 않는다.
가격이 미친 척 무지하게 비싸기 때문인데
평상시 같으면 발품 팔아서
가까운 편의점이라도 다녀올 텐데,
왠지 귀차니즘이 발동하여 울며 겨자 먹기로
미니바에서 조그만 위스키 한 병에 더해
맥주 한 캔을 꺼내 폭탄주를 자작해서 마셨다.

잠시 후 어느 정도 취기가 올라오는데
역시 2% 부족했다. 미니바를 또다시 열어보니
보드카 한 병이 눈에 띄는데
다른 거에 비해서 제법 사이즈도 크고
기왕이면 이걸로 끝내자는 생각에
보드카 병을 집어 들고 뚜껑을 돌려 따는데
허거걱~ 느낌이 누가 이미 땄던 것이었다.

병을 열어 냄새도 맡아보고 맛을 보니
이런 빌어먹을. 맹물이었다. 끙~

그렇다! 어떤 놈이 보드카를 마셔버리고
빈 병에 물을 담아 놓은 것이었다!
이런 황당한 일이 있나.

소심한 A형인 나는 이 사태를 어쩔꼬!
참으로 난감 지경에 이르렀는데
먹지도 않은 술값을 계산하기에는 억울하고
모른 체하고 나가다가 들키면
혹시나 내가 마시고 물을 넣어놓은 것처럼
의심받을 수도 있고….
잠깐 머릿속이 복잡했다!

'까짓것! 내가 다 계산하지 뭐~'
'아냐, 아냐! 솔직하게 내가 마신 것만 계산하면 되는겨~!'
'그러다가 나중에라도 의심을 받으면?
아! 지문을 닦아 두어야 할까?'
'내가 마신 것만 계산하고 나가면
다음 투숙객이 내게 뭐라 욕하겠지?'

이 생각, 저 생각… 고민만 무지하게 하다가
그대로 기절해 뻗어서 자버렸나 보다. 꿍~

다음 날 아침.
솔직하게 정면 돌파를 하기로 맘먹고
체크아웃하러 프런트로 내려갔다.

두둥~!
호텔 직원의 예견된 질문.

"미니바 사용하셨나요?"
"미니바에서 조그마한 위스키 한 병과 맥주 한 캔."
"다른 건?"
"다른 건 사용한 게 없습니다만. 한 가지 문제가 있는데,
보드카도 한 잔 마시려 했더니만
술이 아니라 맹물이 담겨 있습디다!
어쩔까요? 내가 그 보드카 값까지 낼까요?"

그러자 내 질문에 호텔 직원은
눈을 동그랗게 뜨고 말했다.
"그럴 리가 없습니다!
우리 호텔은 철저한 룸서비스 관리가 어쩌고저쩌고…
(약 3분간 떠든 이야기 생략)
당연히 고객님께서 지불해 주셔야…"

이 순간, 나는 도저히
끓어오르는 분노와 성질을 참을 수 없어
잽싸게 프런트 앞의 의자를 계단 삼아
데스크 위로 뛰어올랐으며
호텔 직원의 턱을 발차기로 정확히 날려 버렸는데

아차차! 착지에 문제가 있었는지
와당탕탕~ 넘어지고 말았고 그대로 기절을 했나 보다!

잠시 후 누군가가 흔들어 깨우는데
눈을 게슴츠레 뜨고 보니
함께 출장 온 우리 직원의 얼굴이 보였다!

그런데 우리 직원의 입에서 나온 멘트는
"대표님. 웬일로 늦잠을? 이제 일어나시죠?
아침 미팅 약속 시간 늦겠습니다.
저는 샤워 다 했고요.
먼저 주차장에 가서 차 빼놓고 기다릴게요.
얼른 내려오세요!" 그랬다.

에이~
진짜로 봄이 왔나?
오늘도 숙취에 늦잠을 자고 개꿈을 꾸었나 보다!
술을 좀 줄여야겠다!

에헤라 디여~

🅰🅱 16
병문안

삘릴릴리~ 전화가 왔다.
"짱똘이냐? 오늘 시간 좀 내서 빨리 와 봐라!"

동창이자 웬수 같은 놈, '깐'의 전화였고
나는 그의 병문안 요청을 거부할 수 없어
그가 오랫동안 입원해 있는 병원으로 갔다.

병원 근처 마트에 가서 장을 보았다.
우선 깐이 좋아하는 코카콜라를 페트병으로 하나를 사서
한 잔은 따라 마시고 한 잔을 따라 버리고
그 빈 곳에 소주 한 병을 채웠다.
바야흐로 '쏘콜'의 완성이다.

비엔나소시지 큰 거 하나와
번데기 통조림 하나, 종이컵 두 개,
그리고 황도 복숭아 통조림을 집었다.
이만하면 우리 둘만의 조촐한 주안상으로
완벽한 상차림 메뉴가 완성되었다.

나는 뿌듯한 표정으로 그의 병실로 올라갔다.
병실 입구에서 깐의 마누라님과 마주쳤다.
나는 늘 그러하듯이 비굴 모드 웃음과 고갯짓 까딱으로
인사를 대신하고
깐의 마누라님은 내 인사를 거의 무시하는 분위기.
내 손에 들려진 검은 봉지를 거들떠보더니
바람 소리 횡~ 소리 나게 밖으로 나갔다.

깐의 마누라님은
나를 노골적으로 싫어하는 기색이 역력하지만
원래부터 심성이 나쁜 인간은 아니다.
긴 병에 효자 없다고 하는데
나는 '긴 병에 열녀도 없다!'라고 생각한다.
수년간의 병 수발에, 집안 관리에…
그녀는 이미 지칠 대로 지쳐 있었다.

깐은 친구 놈의 별명이다.
깐의 마누라가 나를 싫어하는 이유 중 하나가
내가 '깐'을 '깐'이라 부르는 데 있는데
'깐'은 'X알 깐'의 준말이다. 하하.

깐은 대학 때에 창녀촌에 가서 성병에 걸려서
커다란 참외 크기로 부어오른 X알을 깠다.
그래도 그 물건으로 아들만 둘이나 잘 낳았다!

늘 붙어 다닌 우리를
우리는 톰과 제리 관계로 설정했는데
깐의 마누라님이나 그 외의 남들은
우리를 덤 앤 더머 관계로 보는 듯하다.

그러거나 말거나. 깐의 마누라님이 나가자마자
우리는 술상을 차리느라 분주했다.
내 상차림에 깐은 매우 흡족해했고
깐은 체력 문제로 딱 한 잔밖에 못 마시고
나머지는 다 내 거다!

페트병으로 한 병을 다 마시는 동안
나는 그를 위해 열심히 재밌는 이야기를 풀어냈다.
우리의 개그는 썰렁 버전과 하이 개그 버전
그리고 블랙 코미디로 구분되는데
우리 딴에는 남들은 알아듣지 못할
범인들이 이해할 수 없는 심오한 수준의 개그다.

남들은 이상하게 볼지도 모르는 나의 개그에
깐이 자지러지게 웃는다.
두어 시간 이야기를 했더니 입이 얼얼하고
술과 안주도 다 떨어졌다.

짱똘 구르는 소리 ver 1.0

헤어질 시간이 다가오자
깐이 또 우는 아이처럼 슬픈 표정이 된다.
이럴 때는 방법이 따로 없다.
다음에 올 때는,
예쁜 처녀 하나를 섭외해서 데리고 오마 굳게 약속을 했고,
깐의 입가에 다시 함박웃음이 피어올랐으며
나는 이 틈에 잽싸게 병실을 빠져나왔다.

병실 문 앞에서 깐의 마누라와 마주쳤다.
병실 밖에서 우리의 대화를 엿들었나 보다.
깐의 마누라 입가에도 웃음이 배어있다.
이제는 그녀도 우리의 하이 개그를 이해하기 시작했나 보다.

언제나 그렇듯 서로 간에
어색한 웃음과 눈빛으로 인사를 대신하고
떨어지지 않는 발걸음을 재촉했다.
내 뒤통수에다 대고 깐의 마누라가 말했다.
"다음 주에도 오실 거죠?"

나는 뒤돌아보지 않고
대답 대신에 두 팔을 들어 만세를 불렀다.

앉아 쏴 자세의 효능

나는 원래부터 화장실에 가면
소변도 앉아 쏴 자세가 확립되어 있기에
집에서도 박 여사에게 늘 칭찬을 받는다.

어릴 적에 집엔 누나만 여럿이 있었으므로
오줌을 싸든, 똥을 싸든, 화장실에 가면
으레 주저앉아 볼일을 보는 거로
자연스럽게 교육이 완성된 것이었으며
야전 상황이 아니라면
나는 늘~ 앉아 쏴 자세를 고집한다.

개인적인 생각으로는
앉아 쏴 지세의 장점이 많이 있는데
우선은 붙잡고 있을 필요가 없으니 나름 손이 청결하고
조준하느라 신경 쓸 일이 없으니 마음이 여유 있고
일부러 털어줄 필요가 없으니 에너지 절약이고
털지 않고 끝내기 위해서는
어느 부분에 바짝 힘을 줘서 짜내야 하니

그 힘을 주는 과정에서
정력이 한 단계 상승, 강화되는 것이고
손이 자유로워서 멀뚱거리며 벽만 바라보고 있기보다는
뭐라도 읽거나, 핸드폰으로 메시지를 보내기나
뭔가 딴짓도 할 수 있고
뱃속에 남아있던 잔류 가스의 배출도
남의 눈치를 보지 않고 자동으로 해결할 수 있게 되고
화장실에 앉아 있는 시간이
복잡한 생각의 정리 시간으로 할당되니
업무적·정신건강학적으로 도움이 되고
독립 공간에 처박혀 있으니
소중한(?) 내 것을 남에게 무료로 보여줄 필요도 없으며
괜히 옆 사람을 힐끔거리며 봐 주지 않아도 된다는 것이다.

서서 쐬 자세를 할 때는 그것을 억지로 잡아뺐다가
다시 구겨 넣는 강제 작업을 해야 하는데
앉아 쐬 자세는 바지를 내리고 입는 과정에서
자연스럽게 옷매무새 교통정리가 된다는 것이며
덤으로, 자칫 남대문을 열고 다닐 우려를
반감시키는 지대한 공로와 함께
무엇보다도 흘릴 염려가 없으니
집에서건 어디서건 잔소리를 들을 이유가 없다는 것이다.

그런데 딸딸이 집안의 가풍으로
그간 모든 구성원의 온통 앉아 쏴 자세를
일관되게 유지해온 우리 집에 문제가 생겼다.

우리 사위 놈이 우리 집에 올 때마다
그간 여러 차례 심화 교육을 실시했음에도
술만 취하면 앉아 쏴 자세를 깜박 잊고
서서 쏴 자세로 볼일을 보며 흘린다는 이야기다.

이놈을 군대식 PRI 훈련으로
무지하게 뺑뺑이를 돌려야 하려나?
아니면 여자 속옷에 브라까지 입혀서
이미지 훈련을 시켜볼까?
목하 고민 중이다.

꿍~

⓲ 자나깨나 입조심

나는 평소에 그렇게 입이 가벼운 편은 아닌 듯한데
이상하게도 가끔은 입조심에 실패하여
현행범으로 딱~ 걸려서 치도곤을 맞거나
구설에 올라 곤란을 겪었다.

고등학생 때에 교실에서
와이로 특급인 담임 선생님을 무지하게 흉보다가
딱~ 걸려서 비 오는 날 먼지 나게 맞았다!

비 오는 날 맞아서 먼지가 흩날리는 걸
처음으로 내 눈으로 직접 확인하고
나중엔 혹시라도 누군가가
꼭 나에게 하는 이야기가 아닐지라도
"비 오는 날 먼지 나게 맞아볼래?"라고 말하는 걸 들으면
한동안 식은땀이 줄줄 흐르고
심장이 멎을 듯한 두려움에 떨곤 했다.
그 후론 다시는 학교에서 선생님 욕을 하지 않았다!

대학 다닐 때 학교 정문 앞에서
우리 동기들끼리 응원단 선배를 씹다가 딱~ 걸려서
학교 정문에서부터 108계단을 올라
사범대 뒷산 산꼭대기까지
응원 동작을 하며 올라가면서 계속 맞았다.
그 후론 절대로 길거리에서 선배 욕을 하지 않았다!

군대에서 기분이 좋아서 술 마시는 회식 시간에
선임들이 시켜서 알딸딸한 기분에
악당 같은 선임하사의 성대모사로 개그를 하며
그날의 인기를 독차지하며 잘 놀았는데
한밤중에 선임이 조용히 깨워서 나가보니
온 부대원이 한겨울 영하 18℃의 추위에
팬티 바람에 집합을 당해서
한탄강 얼음이 우리 대갈통의 열기로 녹아서
뻥~ 뚫릴 때까지 밤새도록 머리를 박고 있었다!
그때부터 내 머리에 새치가 나기 시작했고
그 후론 그 누가 시켜도
윗사람의 성대모사를 절대로 하지 않는다!

사회에 나와서 초년병 때에
악성 클라이언트를 무지하게 뒷담화하며
그 회사 직원과 신나게 술 먹었는데
다음 날 행사가 취소되고, 계약이 해지되었다.

짱똘 구르는 소리 ver 1.0

치사한 놈.

그리하여 그해의 몇 달 동안이나
우리 회사는 일이 없어서 손가락만 빨고 있었고
월급도 밀렸다. 젠장.

그 후론 절대로 클라이언트와 술 먹을 때
클라이언트 측의 임원이나 대표를 도마 위에 올려놓고
뒷담화하지 않는다!

어제는 점심때
옆 테이블 사람들이 하도 수다스럽고 시끄러워서
밥이 입으로 들어가는지, 귀로 들어가는지
당최 모를 지경에 짜증이 무지하게 났다.

나는 문득 함께 있던 우리 친구들에게
"저것들 입을 확~ 찢어주고 싶다!"라고 말했더니만
우리 친구들이 끌끌 거리며, 쿨럭거리며 웃었다.

그런데 허걱! 뒤 테이블에 있던 그 팀 동료들이
내 멘트를 들었나 보다!
흉측스러운 놈들에게 딱~ 걸려서
하마터면 내 입이 찢어질 뻔하였다!

내 말에 동조하고 함께 웃은 죄로
나 대신에 우리 친구들이 엄청나게 빌고
겨우 살아 나왔다!

앞으로 나는 식당에서도
다른 테이블에 대한 험담을
절대로 하지 않을 것이다! 다짐했다.

그런데 오늘은 동문 모임이 있다.
아침부터 마음이 걸쩍지근한 게,
주말에 동기들끼리 산행을 하면서
몇몇 선배의 뒷담화를 좀 했는데
이상하게 뒤통수가 자꾸만 가렵다.

에헤라 디여~

🔞 술 깨기 전략 수정

나는 허구한 날 술자리 핑계가 많다.
가끔 주변 사람들이 걱정을 해 주는데,
생각보다는 병치레 없이 튼튼하게 사는 게
신기하다고도 말한다.

그러나 술 앞에 장사가 어디 있나?
나는 내 나름의 전술 전략과 원칙이 있다.

우선은 웬만하면
1차에 끝내는 습관을 들일 필요가 있고
여러 가지 술을 섞어 마시는 것을 피하는 요령도 필요하고
여차하면 술자리에서 튀는 배짱도 필요하다.
그러나 어쩔 수 없이 과음하는 경우에는
술 깨는 방법을 꾸준히 연마하여, 실천에 옮기는 게 중요하다.

술을 깨는 방법의 첫 번째 수칙은
어떻게든 많이 움직여 주는 거다.

77

술을 마실 때, 묵묵히 술잔만 기울이는 사람은
빨리 취하고, 취기가 오래가기 마련이다.
하다못해 수다라도 많이 떨고
남들의 사소한 유머에도 오버해서 크게 웃어 주고
과하다 싶을 정도로 오버액션을 취할 것!
평소에는 이상해 보일지도 모르지만
술에 취했을 때는
꼬장보다는 훨씬 예쁘게 봐 준다.

대개 술을 한잔하고 나면
꼭 들러야 하는 코스가 노래방인데
여기서의 행동 요령이 아주~ 중요하다.
잘하면 노래방에서 술을 다 깰 수 있다.
되도록 음료수를 시키도록 노력하고
어쩔 수 없이 맥주를 시키는 경우엔
목만 축여가며 놀아 준다.

노래의 선택은 발라드풍을 지양하고
나부터 시작하여 남들도
되도록 댄스곡을 선곡하도록 유도하고
노래방을 뒤집어놓을 정도로,
땀을 줄줄 흘릴 정도로 열심히 놀아 준다.

남이 노래하는 데 괜히 끼어들어서

만인의 눈총을 받지 말고 백댄서가 되는 게 좋다.

춤도 술에 취한 김에 평소에 못 해본 것,
괴상한 춤도 춰 보고
춤이 어려우면 탬버린이라도 열심히 쳐 본다.
흘리는 땀으로 대부분의 알코올이 빠져나온다.

마지막으로, 그래도 안 되면 많이 걷는다.
나는 개인적으로 사당동 술집들이 주요 무대인데
술 깨기 작전의 일환으로
선바위 사무실까지 남태령 고갯길을 넘어가든가
기분 좋을 땐 우면산 등산로 넘어가기도 즐긴다.

걸을 때는 딴생각 없이 땀나게 걷는다.
아무리 추워도 열심히 걸으면 땀이 난다.
손은 밑으로 쳐지지 않도록, 팔꿈치 이상!
팔을 앞뒤로 힘차게 저어가며
기분이 좋으면 군가 같은 노래도 힘차게 불러 준다.

그런데 문제가 하나 발생했다!
어제 주요 거래처에 잠시 들렀다가
팀장님이 새로 부임하셔서 인사를 했는데
처음 보는 자리에서 늘~ 하는
수다 떨기형 호구 조사가 있었다.

79

"사무실은 어디슈?", "직원은 몇 명이나?"
"이 일을 하신 지는 얼마나?"
"사는 집은 어딘지?", "애들은 몇이나?"
"학교는 어디를? 무슨 과?"

앗! 팀장님의 집이 남태령이랬다!
나는 좋은 설레발 건수를 잡았다 싶어
"아하! 그 동네 아주~ 좋지요!
제가 자주 가는 동네인데, 나무도 많고…"
하며 수다를 떨고 있는데
팀장님의 입에서 예상치 못한 푸념이 나왔다.

"예전엔 조용하고 좋은 동네였는데
얼마 전부터 짜증 나는 동네가 되었어요.
한밤중에 술에 취한 놈들이
폭주족같이 시끄럽게 자꾸 돌아다니는데
별 희한한 인간들이 많아서
제 놈이 스스로 경보 선수로 착각을 하는지
휘휘 걸어 다니면서 사람을 툭툭 치고 다니질 않나,
여기저기 오줌을 싸질러 놓질 않나,
군가에 이상한 노래까지 고래고래 불러대니
밤마다 잠을 설칠 정도라니까요. 에혀~"

에효~
오늘부터 술 깨기 걷기 코스를
남태령 고갯길 경보 코스는 아웃!
무조건 우면산 등산로로 넘어가기로 변경한다!

그나저나, 야간에 우면산 코스로 다니려면
술자리에 갈 때 야간산행용 랜턴을
늘 가지고 다녀야 하려나?

에헤라 디여~

81

리모컨 중독

요즈음은 거의 리모컨 홍수 시대인 듯하다!
TV, 비디오는 물론이고 에어컨, 카메라, 컴퓨터, 선풍기,
빔프로젝터, 노트북, 자동차까지.
전자제품치고 리모컨 옵션이 없는 게 없다!
그러다 보니 사무실이든 집 안이든
각종 리모컨이 넘쳐난다.

어쩔 땐 어느 것이 어느 리모컨인지 몰라서
헷갈리기도 하는데,
한참 더운 날, 사무실에 헐레벌떡 들어와서
비디오 리모컨을 가지고
에어컨을 향해 열심히 이리저리 누르다가
손가락에 경련을 일으켜 본 적도 있다. 쩝.

그런데 어제 지하철역 노점상에서
아주~ 대단한 신상, 좋은 상품 하나를 획득하였다.
이름하여 만능 리모컨.

크아! 이놈은 태양 전지로 자동 충전되어서
배터리를 갈아줄 필요도 없고
아저씨의 시범을 가만히 보니
아주~ 강력한 기능을 갖춘 것으로 보이기에
지름신이 강림하여 과감히 투자하였다!

사 오자마자 사무실에서 각종 실험 실습을 거쳤는데
TV 오케이! 카메라 오케이! 에어컨 오케이!
올 오케이였다!

마치 리모컨이 이렇게 말하는 듯한 환청까지 들렸다!
"There is nothing impossible!"
(터미네이터 멘트 버전!)

리모컨을 애지중지 주머니에 꼽고 다니다가
화장실에 갔다!
원래 남자 소변기는 센서 작동으로
처음 다가섰을 때 한 번, 그 앞을 떠나자마자 또 한 번,
그렇게 두 번의 물을 쏜다.
그러나 놀랍게도
이 만능 리모컨의 'ON' 버튼을 누르니깐
시도 때도 없이 물을 막 쏘고 있었다. 아뵤!

어제는 집에 도착하여 주차를 하고
막 현관에 도착했는데
엘리베이터 문이 막 닫히는 순간이었는데
순간적으로, 순발력 있게, 서부의 총잡이처럼
잽싸게 리모컨을 꺼내서
엘리베이터 쪽을 향해 버튼을 눌렀더니
역시나 기대를 저버리지 않고
엘리베이터 문이 딸깍 열렸다!

엘리베이터엔 여러 사람이 타고 있었는데
이 광경을 본 모든 사람에게서
나를 대단히 부러워하는 듯한 시선이 쏟아졌고
나는 늠름하게 다시 한번
리모컨의 강력한 힘을 보여 주었다!

리모컨의 1자와 2자를 눌러 또박또박 12층을 눌렀는데
잠시 시간이 경과하기는 했으나
결국은 12층에 불이 들어왔다! 빠샤!
리모컨을 작동하느라
12층 우리 앞집 꼬맹이가 인사를 하는 걸
미처 보지 못했는데
큰소리로 다시 인사하길래
리모컨 불빛을 깜빡여 아는 체해 주었다!

집에 들어와 컴퓨터를 가지고 좀 놀려는데
박 여사가 빨리 들어와서 자자고 했다!
혼자 맥주 한 캔을 마셨다는데
눈이 조금 풀리고, 얼굴이 발그레해진 것이
분위기가 심상치 않았다!
준비 태세도 없이 본 작업에 들어갈 수 없어서
'혹시나 이것도 될까?' 하는 생각에
리모컨을 아랫도리를 향해 눌러보았더니
아! 성공이었다! 아이엠 로봇?

기꺼운 맘으로 코 평수 넓혀서 킁킁대며
안방으로 입장했는데
갑자기 또다시 '혹시나 이것도 될까?'
하는 생각이 들기에
박 여사를 향해 'OFF' 버튼을 눌렀더니
갑자기 박 여사의 코 고는 소리가 우렁차게 들렸다!
이거 이거… 정말로 기가 막히는 것이었다!

나는 뿌듯한 마음으로 침대에 누워서
아랫도리를 향해 정리정돈을 위한 마지막 버튼인
'OFF'를 눌러주고 아주~ 편안히 잘 잤다!
그런데 아침에 일어나니
박 여사가 투덜대며 한마디 했다.

"간밤엔 자다가 웬 잠꼬대를 그리 하누?
허걱! 키득키득, 아뵤~! 아주~ 난리가 났더구먼!
그리고, 내 젖꼭지를 이쪽저쪽 번갈아 가며
왜 자꾸 꾹꾹 누르고 난리야!"

에고고~
나는 리모컨 증후군, 심각한 병에 걸렸나?
봄날의 개꿈도 꾸게 만드는구나!

에헤라 디여~

Ⅱ

짱똘네 가족

❶
유통기한 유감

예전에 할머니, 어머니들께서는 밥상머리에서
언제나 아이들이 먼저 먹게 시중을 들어 주시고,
나중에야 아이들이 남긴 음식을
맛나게 드셨던 것으로 기억한다.

요즘 엄마들은 반드시 아이들과 동시에 밥을 먹어야 하며
아이들이 남긴 음식을 다 먹어치우다가는
살이 찐다는 이유로 또는 비위가 약해서
남이 먹던 음식은 못 먹겠다는 이유로
애들이 남긴 음식을 먹으라 하면 손사래를 친다.

한편 나는 우리 집 애들과 박 여사가 남긴 음식을
다 먹어치운다. 그래서 뱃살이 안 빠지나?

또한 예전의 어머니들은 여름철 냉장고도 없던 시절에
약간 상한 음식은 어떻게든 재활용(?)해서
맛나게 드셨던 것으로 기억하고 있다.
쉰밥을 씻어서 죽을 끓이시던 기억도 나고.

요즘 엄마들은 유통기한이 하루만 지나도
음식 상태와 관계없이, 바로 음식물 쓰레기통으로 보낸다.
단, 나 같은 아빠가 있는 집은 좀 다른가 보다.

어제 늦은 밤에 TV 드라마를 보다가
막걸리 한잔이 동해서 냉장고를 열고 안을 째려보니
연두부가 눈에 확 꽂히길래 간장과 김치를 함께 꺼내서
맛난 안주로 막걸리 한 병을 홀라당 비웠다.

혼자서 크아~ 쩝쩝~ 맛나게 먹었는데
함께 TV 드라마를 보던 막내가 깜짝 놀란 표정으로 외쳤다.
"아빠! 이 두부, 유통기간 지난 거잖아!"

엥? 아까 흘낏 보긴 보았는데
'2014. 11. 5.'라고 붙어 있던데.
"막걸리는 생산 날짜가 '2014. 11. 10.'이었고
그까짓 거 연두부는 진공 포장이 되어 있으니
열흘쯤은 지나도 신선할걸!" 그랬는데
막내의 지적질 멘트에 놀라 다시 한번 살펴보니
'2014. 11. 5.'는 생산 일자가 아니고 유통기한 날짜였다.

이 순간 박 여사와 큰딸이 묘한 웃음기를 머금은
야릇한 표정을 짓고 있었다.
"이거 뭐야! 니들은 다 알고 있었던 거야?

알면서 놔둔 거야?
유통기한이 이렇게 지났으면 알아서 처리들을 하지,
이거 뭐 하는 시추에이션이냐?"라고 말했더니
큰딸이 이렇게 대답했다.

"내가 며칠 전에 버리려고 했는데 엄마가 놔두라고.
그냥 놔두면 아빠가 먹어치울 거라고.
아빠는 늘 그런대.
유통기한 지난 거 먹어도 *끄떡없더라고*. 그러던걸!"

'에혀~ 완전히 망했다!'라는 느낌이 뒤통수를 쳤으나,
그래도 당황하지 않고 남은 두부를 꿋꿋이 다 먹어치웠다!

그런데 오늘은 왠지 아랫배가 살살 아프다.
나는 지금 화장실에 앉아서 이 글을 *끄적*이고 있다.

끄응~!

결혼 생활 잘하기

나는 누가 뭐래도
결혼 생활을 잘~ 하고 있다고 자부하며 산다!
내가 생각해도 아주~ 대견하다! 하하.

어제는 띨띨한 후배 하나가
주변에 쫘악~ 퍼진 내 소문을 듣고는
결혼 생활 잘하기의 비결을 물어 왔기에
나는 담백하게 노하우를 다음과 같이 전수했다!

아우야! 결혼 생활을 잘하는 방법은 아주~ 간단하다!

오늘 같은 휴일의 행동 요령이 매우 중요한데,
평일은 아침저녁으로 잠깐씩 마주치기에 별문제가 없으나
휴일은 가사일들이 많고 오랜 시간 비비고 있기에
충돌을 피할 노하우가 필요한 건데,
그 노하우란 딱 한 마디로 '토 달지 말기!', 이거다!

일요일 오전 내내
소파 위에서 TV를 보며 있다가도
박 여사가 청소할 테니 일어나라고 하면
잽싸게 일어나서
안방으로 들어가서 TV 켜고 놀면 된다!
어느새 안방을 청소할 차례인 듯하면
다시 잽싸게 거실에 누우면 그만이다!

일어나라는 명령에 미적대거나
"이따가 하면 안 될까?"
"조용히 좀 하자!" 등의 쓸데없는 '토'를 다는 것은
훌륭한 결혼 생활을 저해하는 금기 사항이다!

일요일은 대략 분리수거 날이다!
아무리 중요한 장면이 나오는 TV 프로그램이 상영되더라도
박 여사가 정리를 끝내서 현관에 내어다 놓고
"분리수거 가자!"라고 외치면
5분 대기조처럼 발딱 일어나 쭐레쭐레 따라가야 한다.

이 역시나 명령에 대하여 미적대거나
"딸들아. 니들이 가면 안 될까?"
"다음 주에 모아서 내자!" 등의
쓸데없는 '토'를 다는 것은
훌륭한 결혼 생활을 저해하는 금기 사항이다!

가장 중요한 것. 일요일에 특별한 외식 계획도 없이
집에서 세 끼니를 꼬박꼬박 챙겨 먹는 경우
'삼식이'라 불린다는데
와이프께서 라면을 끓이는데
불경스럽게도 "웬 라면?" 그런다던가
"라면이 왜 불었어?" 또는
"계란은 안 넣나?" 등의 '토'를 달면 안 되고

그 외에도 휴일에 먹게 되는 모든 반찬과 국과 찌개는
무조건 대장금이 한 것보다 맛있는 것으로
자기 최면을 거는 것이다!

무엇이 짜니, 어쩌니 해서도 안 되고
조금 더 달라는 멘트도 밥 먹다 말고 왔다 갔다 하게 되니
되도록 금물이다.

물은 셀프! 당연히 기본이고
되도록 식사가 끝난 후 내 밥그릇은
손수 싱크대로 나르는 것이 만수무강의 지름길이다!

그리고 마지막으로
혹시라도 지난 한 주 동안에 잘못한 일이 있거든
만회할 특별 찬스가 있다!
그건 바로 빨래 개키기! 이거다!

베란다에 널린 빨래를 조용히 걷어다가 대충 개켜라!
나중에 박 여사가 다시 개키더라도
그 액션이 중요한 거다!

이상! 오늘의 교육은 끝이다!

후배 녀석은 머리를 힘차게 조금 오버하며
심하게 끄덕이면서
어금니를 앙다물고 주먹을 불끈 쥐고
그렇게 귀가했다!

아마도 그 아우네 집도
조만간에 스위트 홈이 구현되리라 본다!
하하.

❸

아빠인지, 오빠인지

다들 아시다시피 나는 한양대학교 응원단의
81학번 제6대 응원단장이었다.
현 단장과 장장 30년 이상 차이가 나지만
우리 응원단 동문회는 다른 학교들과 달리
일 년에 몇 번씩이나 전 기수가 모이는
각종 행사를 꿋꿋이 지속하고 있다.
신입생 오리엔테이션, 체육대회, 하계 훈련,
봄가을 축제, 단장 이취임식 등등.

그런데 우리 응원단에서 상호 간의 호칭에는
'선배님?' 이런 거 없다.
까마득한 아들딸뻘 되는 꼬맹이 후배들도
내게 무조건 "용호 형.", "용호 오빠."
그렇게 부르는 게 나름 전통이다.
지금껏 이런 전통은 큰 부담 없이 잘 이어져 왔다.

그런데 몇 년 전부터 문제가 발생했다.
우리 집 막내딸이 대를 이어 충성(?)하여

95

한양대 응원단에 입성하게 된 것이다.

신입생 오리엔테이션 행사 때부터 후배들이 내게 물었다.
"형님! 앞으로 형님을 무어라 불러야 하겠습니까? 형님!"

참고로 우리 응원단은
각종 행사에 부모님들도 모시게 되는데
다른 부모님들께는 당연히 '아버님', '어머님'이라고 부르는데
나는 '건이 아버님'도 되고
'용호 형'도 되는 상황이 된 것이었다.

초창기에는 모임 때마다 헷갈리던 후배들이
이제는 겨우 자리를 잡았다.
"용호 형은 무조건 '용호 형', '용호 오빠'다. 알았어?" 하하.

그러나 학교에서의 호칭 문제는 자연스럽게
정착이 된 반면에
이제는 우리 집 내부의 문제가 대두되었다.

요즈음 우리 집 막내가 나를 부를 때에
아빠와 오빠가 혼동되고 있다.

그냥 '오빠!'라고 부르면 그나마
아빠인지, 오빠인지 모르고 넘어가겠는데

꼭 '용호 오빠!'라고 부르니
이거 참 이상한 분위기가 연출된다는 것이다.
"용호 오빠! 지하철역까지만 좀 태워 줘용!"
"용호 오빠! 오늘 모임에 나오실 건가요?"

이것 참, 지가 홍길동도 아니고
아버지를 아버지로 부르지 못하는
이 기이한 현상을 어찌해야 할지 모르겠다.
'오빠~ 오빠' 하다가 '아빠' 된다는 말은 들었어도
이것 참, 콩가루 집안이 된 기분이랄까? 하하.

오늘 아침에도 출근하려는데
현관을 나서다가 막내가 자기 방에서 "오빠!" 하고
부르는 소리가 들려서 "왜? 뭐?"라고 답했는데
이거 뭐냐?
사실은 남자친구하고 통화 중이었나 보다.

나중에 막내가 시집가면
사위랑 동급으로 취급될지도 모른다는 걱정도 있고
이런 광경을 자주 보는 우리 집 박 여사는
요즘 혀를 끌끌 차는 버릇이 생겼으며
너무 자주 혀를 차서
혀에 백태가 끼고 있다고 한다.
끙~!

❹
비 오는 날 장보기

새벽부터 비가 온다.
오늘 관악산 산행이 예정되어 있는데, 어쩌라는겨. 쩝.
나는 비가 오는 주말이 싫다.

얼마 전에도 염병할 비 예보가 있던 일요일.
산에도 못 가고, 자전거도 못 타고,
전날 마신 술이 깨질 않아서 늦잠을 잔 덕분에
밀린 드라마 재방송이나 섭렵하려고
거실 바닥을 뒹굴뒹굴하는데
심심한 박 여사가 마트로 쇼핑을 하러 가자고 했다.

세수도 못 한 채 모자를 눌러쓰고
얼떨결에 따라나섰지만,
이 시대의 다른 집 남편들과 마찬가지로
나에게 있어서
마트 쇼핑은 인내력 한계 훈련 그 자체이다!

특히나 매장 내에서 박 여사의 행로에 대하여

어떠한 방향 제시나 토를 다는 것은 금물이며
이럴 때 쓰라고 "침묵은 금!"이란
금과옥조 같은 격언이 생겼나 보다.

한 층, 한 층… 물 샐 틈 없는 수색 작전.
만져보고 입어보고 물어보고
아마도 머릿속에 두꺼운 파일,
체크리스트가 담겨 있는 듯 보인다.

나는 한없이 꽁무니를 졸졸 따라다니고
산행이나 라이딩에서는 도저히 느끼지 못하는
피로감을 느낀다.

아는 사람은 다 아는 사실.
목적 없이 걷다 서기를 반복하는 게
얼마나 힘든 일인지.
이건 설악산을 오색약수부터 쉼 없이 올라
2시간 만에 대청봉까지 주파하는 것보다도
훨씬 힘든 일이며
자전거 라이딩 100㎞를 4시간 내 주파보다 힘든 일이란 것을
알랑가, 모를랑가?

여기가 끝이면 좋은데….
다리만 아픈 거로 끝나면 정말 좋은데….

점차 심리전 모드로 돌입!
정신적 피로도를 높이게 만든다.

여성복 매장에서의 질문, "이 옷 어때?"
여기서 말 한마디 잘못 실수하면 끝장이므로
잔머리를 엄청나게 굴려야 하니 머리가 자꾸만 아파진다.

남성복 코너에서는 최대한 똥강아지 아이처럼 대처해야 한다.
입어 보라면 두말없이 피팅룸으로 들어가 주면 되고
나오라면 얼른 무게 잡고 나와서
패션쇼 모델처럼 걸어주고 뱅그르르 돌아주면 된다.

한 스테이지가 끝나면
잽싸게 벗고 나오는 센스도 반드시 필요하고.
어차피 카드는 내 카드이지만 선심은 박 여사 몫이다.

드디어 지하 식품 매장으로 이동하면
아마도 별일이 없는 한
이 고행길의 마지막 코스가 되겠고.
여기서부터는 나의 주특기가 발휘된다.

카트 라이더!
아마도 나만큼 카트 운전을 잘하는 사람은 별로 없을 거다.
백 원짜리 동전을 공손히 받아들고

모양새 좋고 깔끔한 카트를 배차받아
선생님을 따라다니듯 1보 우측, 3보 후방으로
적당한 거리를 유지해야 한다.

우유를 주면 주는 대로 과일을 주면 또 주는 대로
내 의견은 아무런 값어치도, 필요도 없다.
그놈의 깜짝 세일 코너는 절대로 지나치지 않는다.

앗! 열심히 제품 선전을 하는 언니가 예뻐서
잠시 한눈을 팔았을 뿐인데
박 여사는 물찬 제비처럼 저만치 앞으로 진출해 있다.
이 복잡한 인파를 뚫고 어쩌면 저렇게 민첩할 수 있는지.
새삼 존경의 눈길을 보내며 까치발로 서서
박 여사의 머리통을 좇아 재빨리 추적을 한다.

이런 경우 복잡한 이동 동선을 똑같이 따라갈 필요는 없다.
어떻게 하든 상황 예측 프로그램을 가동하여
필요한 자리에 제때 가 있으면 임무 완수.

박 여사는 무료 봉사를 하는 카트 라이더에 대한
고마움의 표시나 배려의 정신머리는 절대로 없으며
적시 적소에 카트가 보이지 않으면
스트레스 수치가 서너 배로 급상승하는
희귀한 선천성 고질병이 있다.

아! 드디어 계산대로 간다.
여기서 또 한 번 짱똘의 장인정신이 드높여진다.

계산대 줄에 카트를 밀어 놓고
박스 포장대로 먼저 달려간다.
우리가 산 물건이 충분히 들어갈 만한
적당한 박스를 포착하는 일.
한 개로 안 되면 두 개,
절대로 남거나 모자라지 않게 추정하는
하이 센스가 필요하다.

접힌 상태의 박스를 얼른 재구성하고
박스 테이프로 밑창을 단단히 고정해주고
계산대 앞에 당도했을 때
딱~ 우리 카트가 계산할 차례가 된다.

박 여사의 칭찬 무드 눈초리가 흐르고
내 코 평수는 잠시 벌름거리며 넓어진다.

주차장으로의 이동.
별도의 지시가 없어도 트렁크에 박스를 옮겨 싣고
카트를 반납하고
백 원짜리 동전이 박 여사의 손에 잡히는 순간
내 막중한 임무는 종료되는 것이다.

그러나 두둥!
우리 집 아파트에 당도하는 순간 전세 역전.
연락받은 딸들이 쪼르르
가정용 카트를 끌고 대기하고 있다.

나는 우아하게 주차를 하고 빈손으로 올라간다.
집 현관으로 입장하는 순간부터
껍데기(?)를 하나둘 벗어 던지고
이제 팬티 바람으로 거실 소파에 무게 잡고 앉아
한 손에 리모컨, 한 손에 강아지를 품고 있으면
소주 일병과 함께 마트에서 금방 배달된
신선한 안주가 차례대로 코스 요리처럼 펼쳐진다.

어느덧 소주 한 병이 바닥나고
오늘은 일도 많이 했으니
소주 한 병을 더 깔까, 말까? 잠시 고민했는데
피곤했는지 그대로 소파에서 누워서 잤나 보다.

비 일기예보가 있는 일요일에 짱똘의 신세는 이러하다.

❺
스팀다리미

어제는 퇴근길 심부름으로
다리미 하나를 사 가지고 갔다.
박 여사가 스팀식은 싫다고 그랬는데,
매장 직원의 말로는 요즘은 다~ 스팀식이란다.
예쁘게 생긴 여직원이 필립스가 좋은 거라고,
한참 동안 열심히 설명을 하고
게다가 세일 기간이라 싸게 준다고 하길래
얼떨결에 주는 대로 받아왔다.

요즘 들어 부쩍 새로운 취미 생활에 심취해 있던 박 여사는
내가 사 온 다리미를 힐끗 보더니
스팀식 다리미를 사 왔다는 내 설명에
자신의 오더가 변경되어 삐진 듯
다리미는 본체만체 무시하고
본연의 취미 생활에 열중하는 척했다.

박 여사가 요즘 들어 자주 하는
아주~ 좋아하는 취미 생활은,

옛날 처녀 때 앨범을 꺼내어 놓고
정리하는 척 추억에 잠기는 일이다.

아마도 주된 목적은, 예전의 나를 새롭게 발견하는 것이며
특히나 불룩했던 가슴을 자랑스럽게 바라보며
혼자 쿵쿵대는 일인데,
문제는 주변 사람들에게
함께 감상해 주기를 청한다는 것이다.

"이때는 진짜로 빵빵했는데…. 쯧쯧!" 그러면,
딸들과 나는 고문당하는 기분으로
어쩔 수 없이 언제나 과도한 감정을 실어서
추임새로 답해준다.
"그랬어?"
"진짜네?"
"그랬군!"
"우와~! 끝내주네!"

그러나 우리는 이미 알고 있다.
막내 처제가 이미 예전에 다 까발려서 얘기해 줬다.
그 사진들은 모두 뽕 넣고 찍은 거라고. 하하.

박 여사의 다리미 무시하기 전략에
입장이 뻘쭘해진 나는 스팀다리미의 우수성을

105

몸소 시범으로 보여주기로 했다.

평소에 안 해서 그렇지,
군악대 출신인 나는 다림질도 잘한다.

먼저 내 와이셔츠 하나를 다렸다.
스팀이 쉭~ 쉭~ 나오는 순간마다
과도한 음향 효과와 오버액션으로,
신기방통한 척 연기를 했다.
잠시 눈치를 보니 박 여사의 힐끔거림이 포착되고
나의 호들갑 작전은 먹히기 시작했다.

이어서 박 여사의 블라우스도 하나 꺼내서
멋지게 다림질했다.
이번엔 힐끗 보는 표정에
뿌듯해하는 느낌까지 살짝 보였다.

그런데 다음 타자는 큰딸의 블라우스.
요것이 다리는 과정이 조금 힘들었다.
가슴이 불룩하게 나온 형태이므로
이 주요 부분의 다림질이 만만치가 않았다.

나는 이 찬스를 살려서
독백하듯이 담백하게 말했다.

"이건 가슴이 빵빵했던 경험이 있는 박 여사가 직접 해 보셔야 제대로
다림질이 되겠는데…"

드디어 박 여사의 엉덩이가 기다렸다는 듯이
바닥에서 뚝 떨어졌다.

아까 내가 알려줄 때는 본체만체
들은 척도 하지 않더니 스팀 나오는 스위치도 알고 있고
온도 조절 스위치도 다 알고 있었다. 하하.

다리미의 쉭쉭 대는 스팀 내뱉는 소리가
"짜식! 눈치는 있어 가지고!"
그러는 것 같았다!
아뵹~!

107

❻
흔적을 남기는 가족

나는 직업 특성상 야근이 많고
오지랖이 태평양이라 술자리도 많고
그래서 늦은 시간에 귀가하는 일이 많다.
새벽에 집에 가면
들어가자마자 쓰러져 자는 때도 있지만,
대개는 집에 가서도 한참을 부스럭대다가 잔다.

으레 컴퓨터를 한 번 켰다가 끄고, 지나간 신문들을 들춰보고,
밤참을 챙겨 먹기도 하고, 혼자 소주 한잔을 마실 수도 있고,
암튼, 그런 상황인데… 참으로 신기한 것은
잠 많은 우리 집 박 여사가 새벽에 일어나
나를 챙기는 것도 아닌데 아침에 일어나 보면
새벽의 내 행동거지를 낱낱이 꿰고 있다는 것이고,
나는 그 놀라운 정황 판단력과 추리력에 깜짝깜짝 놀란다.

오늘 아침도 아침 식사를 하는 자리에서
오늘 새벽의 내 행동거지 하나하나에 대하여
역시나 놀라운 추리력을 발휘하며 잔소리가 시작되었다.

이에 대하여 나는 선문답으로 대응한다.

"어제는 몇 시에 들어왔나?"

"3시쯤 들어온 것 같은데?"

"흠. 들어와서 소파에서 양말 벗고 대충 옷 벗고
신문 뒤적이다가 또 라면을 끓였군.
고춧가루 팍팍 넣어서 먹었나 본데.
또 무지하게 흘려 놓으셨군요!
잘 익은 김치는 이쪽 통에 있는데
왜 맨날 새 김치통은 휘저어 놓나?"

"헛헛. (헛기침으로 딴청 피우면서 속으로만 흠칫!)
막내는 왜 아직도 안 일어나나?"

"그 새벽에 또 컴퓨터를 들여다보고 TV를 켰구먼.
다 좋은데, 제발 컴퓨터 앞에서 담배 좀 안 피웠으면 좋겠어.
저거 저거, 모니터에 담뱃재 날린 거 봐봐!
리모컨은 소파 구석에 처박아 놓지 좀 말고,
소파에 음료수 좀 흘리지 말고, 먹은 컵 전시하지 말고,
제때제때 치웠으면 좋겠다. 응?"

"끄응~ (스마트폰에 있는 게임을 켠다)
오늘은 453판 반드시 깬다!"

"새벽에 무슨 패션쇼를 하셨나?
그 새벽에 누가 쳐다본다고,
왜 맨날 옷은 죄다 꺼내서 난리를 치시나?
그리고 등산복은 세탁기에 넣으라니까,
또 왜 옷장에 처박아놓고 그러셔?"

(식탁 위의 캘린더를 들척임)
"이런 이런… 이번 달에 제사가 두 건이나 있군!"

이때 우리의 호프 막내딸이
부스스 일어나 거실로 입장하였고
이쯤에서 박 여사의 훈시는 대략 끝나는가 했다.

그런데 막내딸은
냉장고에서 요플레 하나 집어 들고나와
소파에 앉아 TV 아침 방송을 보면서 까서 먹더니
화장실 앞에 가서 잠옷을 벗어 놓고
고양이 세수로 대충 씻고 나오더니만
안방의 드라이를 자기 방으로 가져가는데
이를 꼬나보던 박 여사의 호통이 날아갔다.

"헤이, 꼴통 선수! 좋은 말로 할 때 요플레 껍데기 치우시고,
잠옷은 빨래통에 넣고,
드라이 끝나면 원위치 좀 제대로 하셔!

110

암튼 짱똘 선수, 꼴통 선수, 이 선수들은
움직이면 움직인 대로,
그 흔적이 아주~ 그대로~ 남아요. 쯧쯧!"

아! 나는 그때 깨달았다!
우리 짱똘 가족은 물보다 진한 피를 나눈 가족이며
그 증거로, 뭘 하든 간에 흔적을 남기는 인간들이구나!

그 순간 우리의 막내딸은
엄니의 잔소리를 들었는지 어쨌는지
학교 갈 준비를 하고 챙겨 입고 나오더니만
비가 온다는 TV 뉴스의 일기예보를 잠시 듣더니
그대로 치마와 얇은 잠바를 거실 바닥에 벗어 놓고
자기 방으로 들어가더니, 바지와 우비형 잠바로 갈아입고
나와서 냉큼 학교에 갔다.
엄마 말 무시하고 뻗대는 데 선수급 맞는 것 같다!

나는 조용히 막내딸이 벗어 놓은 허물,
껍데기들을 주워서 침대 위에 휙~ 던져 놓으며
속으로만 조용히 혼잣말을 했다.

"잔소리 듣기 싫으면 빨리 독립해라!
그래도 어쨌든, 짱똘 가족 만세다!"

❼
'봉투 봉투 열렸네'

사람들은 술에 취하면 몇 가지 부류의 행태를 보인다.
즐거운형, 슬픈형, 읍소형, 꼬장형, 말 많은형 등등.

나는 어린 시절에 술에 취하신 아버지로부터
숱한 고문(?)을 받으며 자랐다.
아버지가 술에 취한 날은 어김없이 몇 가지 안 되는
레퍼토리의 장광설을 듣고, 듣고, 또 들어야 했다.

절약에 관한 테마, 예의범절에 관한 테마,
아버지의 일대기에 대한 자서전 등등.
끊임없이 반복되는 아주 지겨운 상황들이었다.

그러기에 나는 술에 취하면
일부러라도 즐겁게 놀기로 맘먹었고
대학 시절의 한때, 꼬장의 극치를 보인 일정 기간을 빼고는
언제나 술에 취한 재미난 피에로,
기분파가 되는 데에 성공했으며
그 결과로 우리 직원들이나 가족들은

나의 술 취함에 대하여 대환영이다.
적어도 내가 보기엔 그렇다.

술에 취한 나는 오버액션에다가
취권, 드렁큰 댄스 등
온갖 주접으로 꼴값을 떨어서 주변을 웃겨주고
특히나 소위 '기마이(氣前)' 버전에 의한
용돈 하사 세리머니가 통과 의례로 치러지기 때문인데,
말로 하는 약속은 거의 잊혀져서
거짓말로 치부되므로 별로 주목하지 않지만,
즉석 금일봉 전달식은 무지하게 인기가 좋다.

내가 취해서 귀가하는 날은
현관에서부터 두 딸과 박 여사가
'봉투 봉투 열렸네!' 폼으로 대기 모드 상태로 도열하고
환영식 세리머니를 진행한다.

그러므로 나는
평소 지갑에 돈은 많이 넣고 다니질 않는다.
카드가 편리한 세상이기에 그렇기도 하지만,
술에 취해서 과도한 기마이 연출로
지갑에 남아있는 현금을 홀라당
거덜 내기 일쑤이기 때문이다.

113

어제도 친구들과 함께 한잔했고
2차로 친구 아버님 상가에 들러 조문하고
또다시 과다한 알코올 흡입으로
무지하게 취해서 집에 돌아왔다.

술에 취한 나는 거의 '왕'으로 등극한다.
딸들은 당연한 무수리 버전으로,
박 여사는 상궁 버전으로,
각종 추임새와 시중으로 아양을 떨어가며
내 취기의 농도를 유지하려 분위기를 조절해 간다.

왕 팬(?)들을 놓고 하는 공연은 즐겁다!
한바탕 나만의 원맨쇼, 즐거운 댄스파티 뒤풀이와 함께
드디어 메인 스테이지!
금일봉 하사 세리모니까지 끝난 후
지치고 술에 취한 나는 소파에 잠시 누웠는데
문득 막내딸이 박 여사에게 기묘한 질문을 툭~ 던졌다.

"근데. 엄마는 왜 아빠는 반말을 하는데
엄마는 꼬박꼬박 존댓말을 해?
생일로 따지면 엄마가 누나뻘이 된다면서?"

참고로 우리 부부는 동갑인데
박 여사는 3월생이고 나는 9월생이다.

나는 6개월 연상의 여인과 살고 있는 것이다.

박 여사는 우리 동창들을 만날 때마다
자신이 누나뻘이 된다고 강조하며
내 친구들의 생일을 파악한 후
주변에선 거의 누나의 위치로 등극해 있다.

다만 집 안에서든, 밖에서든
내게는 대략 그렇게 하지 않는다.
가장으로서의 나의 권위에 감히 도전할 수 없도록
지난 세월 각고의 노력을 기울인 결과라고 본다.
음허허~

그러나 나는 박 여사의 대답이 궁금해서
누운 채로 귀를 쫑긋 세웠다.

그런데 내가 자는 것으로 착각한 박 여사가
애들에게 조용히 속삭였다.
천인공노할 박 여사의 멘트에
나는 술이 확~ 깨고 거의 속이 뒤집어졌다.

"안 그러면, 쟤 삐진다!
그리고! 쟤 삐지면
'봉투 봉투 열렸네!'가 안 되잖아?"

아! 나는 박 여사의 사기 행각에
긴 세월을 속아서 살아온 것이었다!
앞으로 술에 취해서 집에 가나 봐라.
'봉투 봉투 열렸네' 프리미엄 세일은 더 이상 없다!
아니, 이참에 술을 확~ 끊어 버릴까 보다!
젠장~!

❽ 악덕 대리기사

술자리가 횟수가 많으면
비례해서 늘어나는 게 대리운전 횟수다.

어제도 대리기사에게 전화를 했는데
이놈이 추운 데서 무지하게 떨게 만들고
예정 시간보다 많이 늦게 도착했다.

욕을 한 바가지나 해 주려는데
뭔가를 내밀기에 얼굴을 딱 보니
앗! 여자 기사였고
드링크제를 하나 준비해 온 것이었다!

나는 이렇게 친절한 여자 기사가 좋다.
언제 강도로 돌변할지도 모르는 흉측한 남자보다,
차를 험하게 몰아서 사고를 낼지도 모르는
남자 대리기사보다는 조신하게 운전하는
참~한 여자 대리기사를 원한다. 하하.

여자 기사에게는 원래 정해진 비용에 더해서
팁도 얹어 줄 수 있다.

그런데 옆자리에 앉으려는데 술 냄새가 난다며
자꾸만 뒷자리로 가란다.
우이쒸. 나는 뒷자리에 앉으면 멀미가 날지도 모르고
우리 집으로 가는 길도 가르쳐 줘야 하지 않겠냐며
박박 우겨서 겨우 옆자리에 올라타는 데 성공했다. 하하.

운전은 기사가 하고 나는 당분간 할 일이 없다!
아니, 있다!
내 차는 오토매틱이니깐 기사의 오른손이 놀고 있길래
일단은 작업의 기초로
손금을 봐 준다며 살짝 조몰락거려 보았다.

헉스! 이놈이
전혀 개의치 않고 그냥 놔둔다. 자식!

게다가 손을 슬쩍 빼는 듯싶더니만
내 머리를 쓰다듬어준다.

앗! 혹시 선수일지도 모른다는 데에 생각이 미치며
적당한 곳에서, 술 취한 나를 덮칠지도 모른다는 상상까지….
괜히 일을 저질렀나? 지금이라도 뒷자리로 옮겨 탈까?

후회가 막심했지만 이미 진도(?)는 나간 상황이고
분위기의 전환을 위해 물타기 작전을 시도해 보기로 했다.

내 딴엔 우리 회사가 수행하는 작업,
국가 기밀에 해당하는 이야기들,
내가 굉장히 유명한 사람이란 것 등을 일단 설레발 치고

또한 좀 전에 함께 술을 한잔했던 사람들이
중동전에도 참전했었던 비밀 요원,
세계 무역 시장을 한 손에 조몰락거리는 고수,
꼬리가 아홉 달린 분도 계시며
강남 지역을 접수한 유명한 조폭 두목까지 다양하게
대단한 사람들이라는 점을 강조하고
겁을 주고 분위기 전환을 시도했으나
듣는 둥 마는 둥 하는 눈치였다. 쩝.

그런데, 밖에서 추위에 떨다가 따뜻한 차에 타서 그런지
취기가 몰려 올라와
도저히 밀려오는 잠을 주체할 수가 없었다.

이래서는 안 된다고 속으로 외쳐 보았으나
이내 곯아떨어졌나 보다.

얼마가 지났을까? 차에서 내리라는 소리가 들리는데

119

몸이 움직이질 않았다.
어렴풋이 대리운전 비용을 지불하라는
요구가 들렸지만
당최 손가락 하나 까딱할 수가 없었다.

아까 마신 드링크제에 약을 탔나?
라고 생각하는 순간 다시 기절했다.

아침에 잠에서 깼다.
사방을 둘러보니 우리 집이었다.
아! 다행히도 대리기사가
집에까지 데려다주고 갔나 보다. 자식!

그렇다면 내 지갑은?
벗어 놓은 바지를 끌어당겨서 뒤져보니
지갑은 있고 왠지 얄팍한 지갑을 열어 보니
카드 빼고 현금은 홀랑 털렸다!

지난밤의 기억을 더듬으며 거실로 나갔는데
박 여사가 나를 딱~ 째려보았다.
뭔가 말하려는 걸 무시하고
화장실로 급히 뛰어 들어갔다.

도대체 어젯밤에 대리기사와 무슨 일이 있었을까?

잠시 고민을 하고 있는데
박 여사가 밖에서 큰 소리로 말했다!

"어제 대리기사비, 삼만 원밖에 못 받았어!
이따가 저녁때 이만 원 더 줘! 알았어?"

이런 이런….
이젠 진짜로 술 끊을 때가 되었나?
포효효~

❾
가장의 권위를 지키다

오늘은 월요일 아침.
주말에 얼마나 열심히들 노는지
월요일 아침의 풍경은 아수라장이다.

큰딸이 제일 먼저 출근한다고 나갔다가
뭘 빼먹었다고 여러 번 부산스럽게 들락거리기에
꿀밤 한 대와 함께 야단을 쳐 줬다!
"왜 그리 정신머리가 없냐! 짜샤!"

이번에는 막내딸이 또
나갔다가 얼마 안 되어서 뛰어 들어왔다!
지갑을 빼놓고 갔단다!
도망치는 딸의 엉덩짝을 찰싹 소리 나게 한 대 때려줬다!

잠시 후 막내딸이 밑에서 또 전화를 했다!
뭔가 학교에 돈 낼 게 있는데 챙겨 가질 않았다나 뭐라나.
비닐봉지에 돈을 넣어서 베란다에서 던져 줬다!

이쯤에서 열 받은 나는 박 여사에게 한 마디 해 줬다!
"애들 챙길 것 좀 미리미리 챙겨서
아침부터 전쟁 좀 치르지 마라!"

박 여사가 깨갱 하는 표정이 역력했다! 아뵤~!

잠시 후, 잔소리를 하느라 다른 때보다 조금 늦게
그러나 멋지게(?) 출근길에 나섰는데
내가 출근할 때 박 여사는 으레
현관에서 "잘 다녀오든가 말든가! …하송!" 그러든가
또는 소파에 누워서 TV 보면서 얼굴도 돌리지 않고
"오늘도 늦는가?" 그러는 편인데
오늘은 아침에 군기가 잘 잡혔나 보다!
현관문 밖에까지 따라 나와서,
엘리베이터걸처럼 버튼을 누르고,
엘리베이터가 내려올 때까지 경건한 자세로
다소곳이, 공손히 기다렸다.

나는 엘리베이터가 멈춘 걸 확인하고
어서 들어가라고 손짓했다!
아직은 얼굴에 그림을 그리기 전의 상태이므로.
지역 주민들을 놀라게 해서는 안 되지. 하하.

123

힘이 꽉 들어간 어깨를 거만하게 들썩이며
엘리베이터의 주민들에게 인사도 잘하고
꼬맹이들 머리도 쓰다듬어 주고
거만한 자세로, 날렵한 발걸음으로
아파트 지하 주차장으로 갔다.

그런데 허거덩! 주머니를 아무리 뒤져보아도
당최 자동차 키가 손에 잡히질 않았다!
기고만장하여 위세를 보여주느라
집 나올 때 자동차 키 챙기는 걸 까먹었나 보다!

집으로 전화하려고 통화 버튼을 눌렀다가
황급히 핸드폰을 덮어 버렸다.
어렵게 세운 가장의 권위를 이렇게 무참히
땅에 떨어트릴 순 없었다.
일단 놀이터로 올라가서
박 여사가 출근할 때까지 버티기로 했는데,
사람들이 서성대는 나를 자꾸만 째려보기에
얼른 경비실로 들어갔다!

반가워하면서도 이상해하시는 경비 아저씨와
세상 사는 이야기나 하면서
엘리베이터 CCTV를 놓치지 않고 째려보고 있었다!

124

경비 아저씨와의 대화가 정치 쪽으로 흐르려는 순간,
분위기 전환이 필요했다!
이 아저씨도 누구처럼 정치적 이야기가 시작되면
끝장 토론 분위기로 가게 되기에 이쯤에서 막아야 했다.
내 핸드폰의 게임을 얼른 실행하고, 아저씨의 조언을 구했다!
아저씨랑 같이하니깐 잘 풀리고 재미있었다.
순식간에 세 판이나 풀었다!

드디어 9시 땡~! 박 여사가 출근했다!
나는 잽싸게 집으로 들어가서
우리 집 강아지 똘이에게 입막음을 시키고
사알짝! 자동차 키를 들고나와서 무사히 출근했다!

회사에 출근하니, 직원들이 평소보다 왜 늦었냐고 묻는데
나는 경비 아저씨와 인생 상담을 하느라 늦었다고
당당히 말했다!

부탁의 말씀!
이거 우리 집에는 절대로 극비 사항임!
특히 석호야! …입조심해라잉?

10
입술이 부르텄는데

연말이라 연일 계속되는 술자리.
난데없이 여러 개의 행사까지 겹쳐서
동분서주 난리 블루스를 추었더니만 피곤 증세가 완연하고
드디어 입술이 살짝 부르텄나 보다.

세수할 때도 껄끄럽고, 짜증 나고, 여러모로 신경이 쓰인다.
거울로 입술 부르튼 모양새를 쳐다보다가
그 옛날 전성기(?) 시절 생각에 젖어 들었다.

어릴 적에 나는 걸핏하면 아침에 코피가 터지고
조금만 피곤하다 싶으면 입술이 부르트고 그랬다.

왠지 모르지만 이런 현상이 자주 있었는데
다른 집들은 어떤 분위기였는지 모르지만
우리 집은 계엄 사령관 같은 할머니,
보안 사령관 같은 어머니가 계셨기에
내가 코피가 터지거나 입술이 부르트거나 이런 날이면
귀신같이 정보를 입수하고 비상사태를 선포했으며

이에 따라 누나들을 비롯한 모든 식구는
일상의 하던 일을 모두 멈추고 응급처치 임무에 재편성되어
진돗개 하나, 비상사태에 돌입했었다.

그런 날이면 으레 나는 실제로는 어디가 아프거나
몸 상태가 아무렇지도 않으면서
TV나 영화에서 본 대로
힘이 쪽~ 빠진 척을 연기해야 하고
입에는 지퍼를 채우고 표정 관리까지도 해 줘야 했다.

그런 날의 통과 의례 중의 하나는
할머니 손을 잡고 동네에서 용하다는 한약방에 가서
진맥을 하고 보약 한 꾸러미를 받아 들고
집으로 돌아오는 것이었다.

나는 한약 달이는 냄새를 좋아했고
한약의 쌉싸름한 맛이 그리 싫지 않았으나
한약 사발을 들고는 가증스러운 어리광 쇼를 부려야 했다.

내 쇼가 얼마나 진실다워 보이고 처절한가에 따라
한약을 마신 후의 대가가 크게 달라지기 때문이었다.

암튼 그때는 아픈 게 훈장이고 벼슬이었으며
아픈 모양새가 무소불위 권력의 상징,

암행어사 마패와 같은 존재였다.
아! 옛날이여! 쩝.

어제는 퇴근하여 바쁜 척하는 박 여사에게 바짝 다가가서
터진 입술을 보여주며 피곤해 죽겠다는 표정으로
잠시 옛날의 어리광 버전을 재현해 보았다.

나는 입술에다가 꿀이라도
발라줄 것으로 기대했던 것인데
그러나 내 연기력이 예전과 많이 다른 모양인지,
소 닭 보듯 완전히 무시를 당했다. 켁~

근데, 아무리 그래도 그렇지.
나의 연기력 수준이 많이 떨어졌는지 어떤지는 모르지만
과로(?)로 내 입술이 부르텄다는데
우리 집 가족들의 반응과 태도,
한 마디 멘트들이 엉뚱하고 재수 없었다.
큰딸: "아빠! 요새 밤샘 채팅하나?"
막내딸: "또, 또, 밤~새 지난 드라마 섭렵? 대충대충 작작 좀 하숑! 쯧쯧."

여기까지도 들어줄 만했는데.
박 여사의 멘트는 나를 두 번 죽였다.
"내가 보기엔 또 밤새 어디에다가
내 얘기를 글 나부랭이라고 써서 올리고

혼자 킥킥대고 그러고 놀았을걸?
그런 데다 글 올리면 돈이 나오냐, 밥이 나오냐?
암튼 쓸데없는 짱 선수,
저어기 똘이가 싼 똥이나 얼른 치우셔!"

에혀~
오늘 아침,
문득 할머니와 엄니가 무지하게 그립다.
쩝.

청국장

어제는 우리 집 박 여사가 청국장을 끓였다.
신혼 초에는 신사동의 유명한 청국장 맛을 보여준다고
데려갔을 때, 코를 잡고 뛰쳐나갔던 상황을 되돌아보면
지금은 먹기도 잘 먹고 비록 직접 만들지는 못해도
제법 맛나게 직접 끓이기까지 하니
참으로 대견스럽다.

그 옛날, 우리 집에선 청국장을 담북장이라고도 불렀다.
원래는 담북장은 봄철에, 청국장은 겨울철에 먹는 음식이고
제조 과정도 조금 다르다고 하고
경상도 지방에서는 청국장을
담북장으로 부르기도 한다고 들었다.

나는 어릴 적에는 청국장을 싫어했다.
담북장이든 청국장이든, 만드는 과정에서 필수 요소로
콩을 삶아내고 '띄우기' 하는 과정이 있어야 하는데
우리 집에서 제일 따뜻한 곳이 내 방 아랫목이었으니
청국장 제조 공장으로 용도가 변경되었고

나는 고약한 냄새가 싫었으며
따끈한 데서 지진다는 핑계로
다른 사람들이 내 방을 들락거리는 게 짜증 나고 싫었다.
이 기간 동안은 옷을 누나들 방으로 옮겨 놓느라
호들갑 떨기도 하고 그랬다. 하하.

나는 청국장을 보면
문득 할머니, 어머니 생각이 나곤 한다.
찬바람이 불기 시작하면
어머니는 으레 청국장을 만드셨고
명주실 같은 청국장 실이 쭉쭉 늘어나면
절구에 고춧가루, 소금을 넣고 콩콩 찧어
한 덩어리씩 담아 놓으시고는
친척이나 손님들이 올 때마다 인사가 끝나기 무섭게
재빨리 청국장을 끓여 내서 밥상을 내오셨다.
"이 집 청국장 맛 끝내준다!"라는 한 마디,
"청국장이 먹고 싶어서 왔다!"라는 한 마디를
듣고 싶어 하셨던 것 같다.

나는 그 옆에서 조용히 밥숟가락을 뜨며
나도 몰래 어깨를 으쓱했었고
시나브로 그 맛의 전수자가 되었나 보다.

오늘은 기분도 좋고 해서
박 여사가 끓여낸 청국장을 맛보며
한껏 과장해서 뻐꾸기를 날려 주었다.

"박 여사! 이거~
청국장 솜씨가 점점 죽여주는데?
청국장 전문 식당을 하나 차려도 되겠어!"

그러자 우리 집 박 여사의 코 평수가
거실 넓이만큼이나 넓어졌다.
잠시 후, 설거지하는 박 여사의 코에서
홍홍홍 콧노래 소리가 들려왔다.

뻐꾸기는 이런 맛에 날리는 거다.
아뵤~

🄛🄛 새벽 단상

나는 초등학생, 중학생, 고등학생, 대학생, 군악대까지
빠짐없이 밴드를 했었다.
원조 딴따라? 하하.

이 새벽에 문득 초등학생 때 생각이 나는데
처음 생긴 우리 초등학교 밴드부엔
단체복 의상이 준비되지 않았었다.

어느 날, 갑자기 외부 초청행사가 생겼는데,
단체복이 없어서 난감해하시던 밴드부 선생님이
아이디어를 낸 것이 보이스카우트 옷이었다.

단원 각자가 옷을 해결하란 명령에
나는 보이스카우트가 아니었기에 엄니와 누나들을 졸라서
옷을 만들어 내라고 온종일 뒹굴었다. 하하.

그리하여 누나 중 누군가가 이리저리 수소문 끝에
드디어 옷을 빌려 왔는데,

133

빌려온 옷 꼬락서니를 딱 보니
꾀죄죄, 꾸깃꾸깃, 난리 블루스였다.

성격이 안 좋은(사실은 더러운) 나는 열이 팍~ 받아서
더럽기도 하고 왕창 구겨진 옷을 마당에 패대기치고
저녁밥도 안 먹고 그냥 자버렸다.

외아들이자 막내아들의 단식 투쟁(?)에
우리 집은 완전히 비상사태였을 것이다.

새벽에 울 엄니가 조용히 날 깨웠다.
내 방에 내가 제일 좋아하는 소고기볶음과 계란 프라이를
반찬으로 밥상을 떡 하니 차려 놓고서는
그 옆에서 덜 마른 보이스카우트 옷을 하염없이 다리고
또 다리고 계셨다.

부스스 일어나 차려 놓은 그 밥을 맛있게도 다 처먹고
누워서 자려는데 잠이 오질 않았다.
엄니에게 미안한 마음에 그랬으리라.

누워서 자는 척하기가 얼마나 힘든지 아시죠?
다림질 소리가 들립디다.
치지직- 치지직-
그래도 그 소리 듣다가 잠이 들었는데

다음 날 아침에 늦잠 자고선
일어나자마자 후다닥 세수하고
잘 마르고 칼같이 주름 잡혀 잘 다려진 보이스카우트 옷을
걸쳐 입고 정신없이 뛰어나왔는데
생각해 보니 엄니에게 고맙다는 인사도 못 하고
급히 나온 게 찜찜했다.

그렇게 마음 한구석이 켕기는 마음으로
마무리 밴드 연습을 하고 있었는데
친구 놈이 까불다가 내 옷에 무언가가 튀어서
영문도 모르는 그 친구를
무지하게 패주었던 기억도 생생하다.
다른 친구들이 그 광경을 보더니만 슬슬 날 피했다.
속으로 '에이! 더러운 놈!' 그랬겠지.

그날 행사는 시가행진까지 했었는데
대로변에 위치한 우리 집 가게 앞이
메인 스트리트 통과 지점이었기에
많은 사람이 구경을 나오고
그중에 우리 엄니 얼굴이 살짝 보였다.

나는 보직이 사이드 드럼이었으며
사실 그때까지 별로 신통치 않은 실력이었음에도 불구하고
엄마에게 보란 듯이 드럼마치를 엄청나게 과장해서 치다가

그만 스틱을 놓쳤다. 음메, 부끄러워.

근데 스틱을 주우면서
우리 엄마와 눈이 딱 마주쳤는데
내가 먼저 히죽 웃어 주었더니
우리 엄니도 코를 찡긋해 주셨다.

그날 집에 돌아와서도
엄니에게 더이상 다른 말은 필요 없었다.

저녁 밥상에서 오늘 밴드부 퍼레이드 행사에 대한
가족들의 이런저런 평가가 갑론을박 있었으나,
나는 한마디 대꾸도 안 했다.
엄니와 눈 마주치는 게 왠지 부끄러워서
열심히 밥만 푸고 있었나 보다.

이 새벽에
문득 그때 그 시절이 기억나면서
나이 50이 넘은 놈이
돌아가신 울 엄니가 생각나고
무지하게 보고 싶다!

팬티 패션의 추억

무더운 여름철엔
집에선 훌훌 벗고 있을 때가 많다.
생각 같아서는 알몸으로 있어도 시원치 않지만,
우리 집 박 여사의 레이저 눈빛 등쌀에
겨우 트렁크 팬티는 입어준다.

트렁크 팬티.
나는 이 팬티 패션에 남다른 감회가 있다.

신혼 초, 나는 엉겁결에 장모님과 막내 처제만 사는
처가로 잡혀들어갔고
이 시추에이션은 대략 처가살이였는데
박 여사는 나의 바람기(?) 또는 방랑기(?)를
잡아 보려는 목적에다가
아이의 안전한(?) 보육을 위한 포석이었고
나는 오랜 독립군 생활로 찌든 심신을 달래고자
못이기는 체하며 데릴사위가 된 모습으로
보무도 당당하게 끌려 들어갔다.

137

우리 장모님은 딸들과 달리 아주~ 조신하고
순진무구한 요조숙녀 스타일이셨는데,
처음 몇 달 동안은 부끄러움에 눈도 못 맞추고
나와 직접 대면하기를 꺼리는 국면이었으므로
하실 말씀이 있어도 늘~ 박 여사를 통해서 하셨다.

혹시 아실지 모르겠으나
내 기억으론 1990년 전후 무렵에는
요즈음은 일반화되어 있는 언더웨어 패션,
트렁크 팬티가 별로 없었다.
남자들은 대개가 하얀 삼각팬티였고
그나마 그게 칼라풀해지기 시작했던
그런 시절이었던 것으로 기억한다.

총각 시절 어느 밸런타인데이 날에
어느 여자 친구로부터 선물을 하나 받았는데
그게 웬 칼라풀한 반바지였다.
(이건 어디까지나 순전히 내 생각이었다)

내 딴엔 이 반바지가 아주~ 편했기에
결혼 후 총각 시절의 흔적들을 다 버려도
이것만은 목숨 걸고 사수했으며
처가살이 내내, 집 안에서건, 집 앞에 쓰레기를 버리러 가든
동네 슈퍼를 가는 길에도 주야장천

이 반바지를 입고 다녔다.
물론 여름에 주로 입었지만
젊은 혈기에 정말 추운 한겨울을 빼고는
언제나 이 패션으로 동네를 활보하고 다녔는데
우리 동네의 그 누구도 나를 째려보거나,
변태 취급을 하거나, 이의를 제기하지 않았다.

특히나 우리의 장모님과 막내 처제는
처음에는 밥상머리에 반바지 차림으로
앉아 있는 나의 패션과
팬티 바람으로 집 안과 동네를 활보하는 나를 보고
민망함을 넘어서, 매번 화들짝 놀라기는 했지만
이내 나의 반라 스타일에 적응이 되어가는 듯했으며
그렇게 나의 반바지 패션은 지속되었고
특히나 당시의 첫 애마 하얀색 프라이드를
일요일마다 집 앞에서 손수 손 세차할 적에는
당근 반바지 패션에다가 웃통까지 홀라당 까고 했으며
장모님은 나의 세차 보조원 역할을 하시는 걸
아주~ 좋아하셨기에
장모님과 함께할 수 있는 유일한 놀이(?)였다.

내가 열심히 차에 비누칠을 하면
장모님은 내 뒤를 졸졸 따라다니며
호스로 물을 뿌리는 역할이셨는데

우리는 일절 아무런 대화도 없이
눈빛으로만 통하는 천부적인 파트너였다. 하하.

한 번은 박 여사를 통해서
장모님의 어려운(?) 당부의 말씀이 전해졌다.

"애 아빠가 옷 좀 제대로 입고 다니면 좋겠다!"
라고 말씀하셨다는데
나는 반바지를 까 보이며 당당히 말했다.
"박 여사! 나는 말이야! 알다시피 노팬티가 아녀!
안에는 꼭 속 팬티를 입는다니깐? 오케이?"

내 말은 토씨 하나 안 빼고 고대로~ 장모님께 전해졌고
장모님은 아주~ 대견해 하셨단다. 하하.

내가 그 반바지가
반바지가 아닌 팬티라는 사실을 깨닫는 데는
아주 오랜 시간이 걸렸으며
다행인지 불행인지 모르지만
우리 장모님이 돌아가신 후의 일이었다.

나는 요즘도 장모님의 제삿날이 되면
절을 하면서 속으로 이거 하나는 꼭 말씀드린다.
"장모님! 저는 진짜로요.

반바지 속에 속 팬티,
삼각팬티는 꼭 챙겨 입었더랍니다!
다 아시죠?"

에헤라 디여~

⓮ 영화의 한 장면처럼

영화에 나오는 장면들은 대개는 픽션일 것으로 사료되나,
어느 정도는 사실에 근거했을 것이며
자주 나오는 장면은 더더욱 그럴 거라
생각하고 사는 순진무구한(?) 나는
가끔 영화처럼 무게를 잡아보다가
고생하고 쪽팔리는 경우가 발생한다.

몇 년 전에 솔로인 친구가 젊은 나이에 암으로 사망했다.

우리는 친구의 마지막 유언을 따라서
화장을 한 후에 영화의 한 장면처럼
바다에 뿌려주려고 동해안의 어느 바닷가로 향했다.

한겨울 바다 날씨는 바람이 세차고 무지하게 추웠다.
배에 올라타자마자 선장 아저씨가
영화의 한 장면처럼 무게 잡는 우리에게
조용히 겁을 꽉꽉~ 주었다.

"영화에서 강이나 바다에 재 뿌리는 장면,
그건 다 잘못된 거야요!
그렇게 아무 데나 막 뿌리다가 걸리면 선생님이나 내나
벌금을 왕창 물어야 해요.
암튼 간에, 배에 납작 엎드렸다가 내가 뿌리라고 신호를 하면 잽싸게
얼른 뿌리고 토끼는 거에요. 내 말 잘 알아들었지요?"

에고~ 여기까지 왔으니 그냥 돌아갈 수도 없고….
정신적으로 겁을 잔뜩 무지하게 먹고
추운 날씨에 육체적으로도 완전히 얼어버린 우리는,
선장 아저씨가 하라는 대로 배 밑바닥에 납작 엎드려 있는데,
그날따라 웬 비바람이 몰아치고 파도까지 높아서
각자의 몸을 지탱하기도 힘겨운 상황에
영화처럼 엄숙한 분위기를 잡을 여유도 없었다.

이윽고 육지 사람들의 시야에서 벗어난 먼바다에서
근처에 다른 배가 없는 것을 확인한 후
선장님의 신호가 떨어졌고
영화에서처럼 멋있게 슬픈 표정으로
조금씩 뿌리는 건 시도할 겨를도 없이
선장 아저씨가 시키는 대로 얼른 홀라당 엎어 쏟아내고
무사히(?) 살아서(?) 벌금도 안 내고 돌아왔다.

143

그 후 나를 비롯한 우리 친구들은
영화의 장면들을 불신하기 시작했으며
영화처럼 흉내 내며 살기 싫었다.

한편, 엊그제 저녁에는
집에서 황당 사건으로 난리가 났다.
막내딸이 화장실에 갇혔는데
손잡이가 계속 헛돌아서 당최 열리지는 않는 묘한 상황.

집 안의 공구 박스를 찾아내서
이리저리 방안을 강구해 보았으나
열쇠 수리공을 불러야만 해결할 수 있을 듯했다.

동네 광고지에서 열쇠 집을 찾다가
문득 갑자기 흔하디흔한 영화의 한 장면이 떠올랐다.
영화에서는 문이 잠긴 경우에
웬만하면 형사의 발차기 한 방에
문이 발라당 쉽게도 열리지 않던가?

화장실 안에 있는 아이를 욕조 쪽으로 피신시키고
박 여사와 강아지도 안정을 취하도록 조치한 후,
크게 심호흡을 한 번 해주고
멋있게 영화의 한 장면처럼 힘찬 발차기를 날렸다!

그러나 다음 순간 내 발길질에
꽝~! 우지끈! 소리는 크게 울려 퍼졌는데
문은 끄떡없이 열리지 않았고
발차기를 시행한 나는 그대로 튕겨져 나와 넘어졌는데
우측 다리 골절상의 느낌이 역력하고
벽에 부딪힌 갈비뼈가 쑤셨다. 끙~!

장렬히 부상당한 가장을 위해
박 여사가 응급조치를 하는 동안,
잠시 후 딸이 혼자 화장실 문을 열고 탈출에 성공했다.

마침 화장실에 있던 손톱깎이를 찾아
그걸로 손잡이에 있는 나사를 풀어내고 해체해서
시간은 걸렸지만, 무사히 탈출에 성공했다는 것이었다.
맥가이버가 울고 가겠다!
공대생이 맞긴 맞나보다!

소파 위에 길게 뻗어있는 아빠에게
자력으로 탈출하여 우쭐해진 딸이
기고만장한 자세로 한마디 던졌다.
"아빠! 그 나이에 아직도 영화처럼 살고 싶으셔?"

옆에 있던 우리 집 강아지 똘이도
아픈 내 발바닥을 핥으면서

145

한마디 거들었다. 깨갱깨갱.

그날…
나는 '영화에 나오는 장면들,
그거 곧이곧대로 믿고 살지 말자!'고 다짐했다.

으이구, 삭신이야. 켁~

전업을 꿈꾸다

어제는 비 오는 일요일. 등산도, 자전거도 못 타는 우울한 날.
아침 식사를 준비한다.

우리 집 박 여사께서는 주말에 전쟁, 화재, 지진 또는
기타 천재지변이 일어나기 전에는
12시 이전에는 절대로 침대에서 일어나지 않는다.
주말에도 주책없이 일찍 일어나는
어설픈 아침형 인간인 나는 조용히 아침 식사 준비를 했다.
주방에서 냉장고를 살펴보니
미역국이 냄비 채로 덩그러니 있었다.

얼마 전 강원도 출신 친구가 말한
미역국 활용 레시피가 생각나서
미역국을 작은 냄비에 조금 덜어냈다.
우리 집 박 여사는 아무리 잔소리를 해도 미역국에 미역보다
고기를 과다 투입하는 불치병 증상이 있어 고기는 뺐다.
고추장을 한 스푼 풀어놓고
밥통을 열어보니 딱 한 공기 분량이 있어

147

밥을 말아서 끓여 냈더니
훌륭한 미역죽 요리가 완성 단계.

이때 문득 자고 있는 막내 생각이 나서
추가로 라면을 끓였다.
스프 없이 면만을 끓여서 익힌 후에
고추장을 풀어 끓인 미역죽에 넣고
다시 1분간 끓인 후 막내를 불러서 깨웠다.

아침에 입맛도 없을 텐데
신기한 퓨전 요리가 맛있다고 난리가 났다!
이 타임에 웬일로 박 여사도 부스스 일어나
맛을 보더니 엄지손가락을 치켜세웠다!

점심때가 되었다.
늘어지게 낮잠을 자고 일어났더니만
다들 어디 갔는지 아무도 없다!
심심해서 베란다 빨래를 걷어서
거실에 늘어놓고 구시렁대며 열심히 빨래를 개켜서
각자가 챙겨가기 쉽게 분리해 두었다.

잠시 후 박 여사와 함께 딸과 사위가 입장했다.
함께 만나 쇼핑을 다녀온 모양인데
빨래를 잘 개켰다며 온 식구가 추앙해 마지않았고

나는 코를 크게 한번 벌렁 해 주었다!

쇼핑 중에 아귀찜이 먹고 싶어서
아귀 한 보따리를 사 왔다고 하며
손질도 다 해 왔으니 요리만 하면 된다며
박 여사가 조용히 귀띔했다.

매운탕은 자신 있는데 아귀찜은 처음이라 망설여졌지만,
인터넷에 나온 레시피대로 콩나물과 미나리를 듬뿍 넣고
국물에는 전분을 풀어서 걸쭉하게 끓여 냈는데
찜도 탕도 아닌 것이, 어정쩡한 형태였으나
모두들 맛있다고 또 난리!
국물에 밥까지 말아서 깨끗하고 완벽하게 해치웠다!

늦은 점심을 먹은 탓에
저녁밥은 그냥 넘어가나 했는데
늦은 시각 TV 드라마에 심취해 있던 애들이
치킨을 배달시키면서
사이드 메뉴로 골뱅이를 무쳐 달라는 특별 주문이 떨어졌다.

이 역시 평소의 내 레시피대로 열심히 무쳐냈다!
TV에서는 드라마가 상영 중이었고,
나는 소주를 한잔 걸치면서
엄마와 아들이 상봉하는 드라마틱한

운명의 장면에 집중하고 싶은데
이번에는 면 사리를 추가해 달라는 요청이 있어
박 여사가 삶아 놓은 소면에
고추장, 식초, 설탕을 넣고 함께 비벼내니
훌륭한 골뱅이 비빔국수가 완성되었고.
이 또한 게눈 감추듯 사라졌다

이윽고 온 식구가 이구동성으로
나를 꼬드기고 있었다.
이참에 전업주부를 하는 게 어떻겠냐는 것이었다.

흐음~ 심각하게,
그리고 아주~ 긍정적으로,
나는 전업을 검토 중이다!

아뵤~

연시와 할아버지

엇저녁에는 아파트 정문 앞에서
연시를 한가득 싣고 와 팔고 있는 트럭이 보였다.
나는 연시를 볼 때마다 할아버지 생각이 난다.

나는 아주 어릴 적에
전직 동네 훈장이셨다는 할아버지와 함께
공부 놀이(?)를 했다.

한글은 물론, 천자문도 배우고
덧셈, 뺄셈도 배우고 알파벳까지 섭렵.
온 동네에서 신동 소리까지 들으면서
소위 말해서 조기교육의 첨단을 걸었는데,
지금은 이게 뭐야?

한편 내가 공부를 좋아한 것도 사실이지만
잿밥에 눈이 멀어서
공부가 끝날 무렵에 할아버지의 칭찬과 함께 하사되는 상품이
더 좋았는지도 모른다.

할아버지 방엔 벽장이 있었는데
대략 보물 창고 분위기였다.

먹을 거 가득한 요즈음의 냉장고 기능이랄까.
여름에 비하여 겨울엔 특히 저장품이 많았는데
그중에서도 내가 제일 좋아한 게 바로 연시였다.

가끔은 할아버지가 외출하신 틈을 타서
누나들이 몰래 꺼내 먹곤 했는데,
그걸 한 번 흉내 내다가 망신살이 뻗칠 뻔한
아름다운(?) 아스라한 기억이 내게 있다.

어느 날 할아버지가 외출하신 날,
나도 연시를 몰래 꺼내 먹어 보려고
예의 그 벽장을 어떻게 겨우 열었다.
키가 닿지 않아서 의자를 받쳐 놓고 올라가
항아리 뚜껑을 열고 연시를 꺼내던 중,
연시 하나를 손에 쥔 승리감이 짜릿했는데
그 순간 몸이 기우뚱하더니 바닥으로 꽉 고꾸라졌다.

무르팍이 엄청나게 아파서 눈물이 나는데
글썽이는 눈물 사이로 뿌옇게 보이는
사건 현장의 벌어진 광경이 가관이었다.

항아리는 조각조각 깨져 있고,
몇 개의 연시는 떡이 되어 있고,
왕겨가 온 방 안에 고루 잘 퍼져 있었다. 헐~

망연자실 이 사고를 어째야 할지,
어찌 뒷수습을 해야 할지 아무 생각이 없는데
마침 그 순간에 할아버지가 들어오셨다.

내가 뭐라 뭐라 변명을 하려는데
할아버지는 '알아, 알아!' 하는 표정으로
내 말을 막으시고는
"다친 데는 없냐?" 하시며, 나를 내보내셨다.

내 방으로 돌아와서
'이 상황을 어찌 헤쳐나갈꼬?' 걱정을 했으나
누구도 연시 항아리 이야기를 하는 사람은 없었고,
정작 당사자인 나도 잊어버리고 말았다.

며칠이나 지났을까?
하루는 할아버지가 방에서 나오시더니
대청마루에서 해바라기로 시체 놀이나 하면서
빈둥빈둥 놀고 있는 내 손을 끌며
"산보나 갈까?" 하셨다.

아무 생각 없이 따라나섰는데
동네 뒷산에 천천히 올라가서 한 곳에 멈추시더니
가만히 낙엽을 들춰내시고
가슴 품에서 봉지 하나를 꺼내셨다.
그 봉지에 무엇이 들었을꼬? 궁금했는데,
궁금증은 금세 풀렸고 아찔했다.

누런 종이 봉지에 들어 있는 건
깨진 항아리 조각들과 왕겨 한 움큼이었다.
낙엽이 들추어진 바닥에는 구덩이가 있었는데
한쪽에는 깨진 항아리 조각이 수북하게,
다른 쪽에는 왕겨가 수북하게 쌓여 있었다.

아! 할아버지는
내가 저지른 사건을 오프더레코드 하시려고
조금씩, 조금씩 이렇게 날라 오셨던 것이었다.
그 순간 어린 나이에도
감동의 물결이 가슴에 저며오는 걸 느꼈으며
그날 이후 할아버지와 나는
열흘 남짓 매일매일 뒷동산 산보를 했다.

몇 달이 지난 얼마 후,
할아버지가 노환으로 돌아가셨는데
나는 누구보다 서럽게 울었고

문상 오시는 분들은 꼼짝없이 자리를 지키고 앉아
"나무아미타불."을 외고 있는 나를 대견해하고
집안 식구들도 기특해했지만,
나는 내 나름의 할아버지의 극락왕생 명복을 빌
이유와 명분이 있었던 거다.

할아버지와 나만의 비밀. 그 비밀을
그야말로 무덤까지 가지고 가신 할아버지.
게다가 나의 제일 큰 후견인이 없어졌다는 사실도
너무 서러웠나 보다.

요즈음도 어쩌다가 빠알간 연시만 보면
인자하신 할아버지 모습이 떠오르고
절에도 안 다니면서
연시만 보면 나도 모르게 읊조리곤 한다.

"나무아미타불."

155

⓱
산에도 시선이 많다

얼마 전 동창 친구들끼리 산행 후 뒤풀이에서
요즈음 아이들에 관해 성토대회가 열렸다.

요즘 아이들은 나이와 학력을 떠나
집에서 심부름을 시키기가 어렵고도
꺼림칙하다는 이야기였는데….

어떤 집의 아이들은 심부름을 시킬 낌새가 엿보이면
선수를 쳐서 인상을 팍팍 쓴다고도 하고,
또 어떤 집의 아이들은 밖에 나다니기가 무섭다며
너스레를 떨면서 피한다고 했고,
또 다른 집의 아이들은 안 하던 공부를 열심히 하는 척
위장 전술을 쓴다고도 했다.

듣고 있던 나는 당최 이해가 되지 않았고
가장으로서의 권위를 상실한 친구 놈들이
불쌍해 보이기도 했다.

오늘 아침엔 문득 친구들과의 대화가 생각이 나서
마침 거실에서 시체 놀이로 뒹굴뒹굴하고 있는
막내딸에게 심부름을 시켜보기로 했다.
"막내야! 우유 하나만 사 올래?"

우리 집 막내는 내 명령이 떨어지자마자
군기가 바짝 든 여군처럼 "오케바리!"라고
복명복창을 한 후 자리에서 발딱 일어나더니만,
곧바로 화장실로 입장했으며
나는 친구 놈들에 비하여
가장의 권위를 확실히 지켜나가고 있다는
자부심과 뿌듯한 마음으로 룰루랄라 콧소리까지 내면서
기분 좋게 샤워를 하고 출근 준비를 했다. 아뵤~

그런데 잠시 후 샤워를 마치고 나와 아침을 먹으며
TV 아침 뉴스에 잠시 집중하고 있었는데
문득 딸의 목소리가 뒤통수에서 들렸다.
"아빠! 우유 사 오라며? 얼른 돈 줘요!"

얼러리여? 이게 무슨 일?
심부름을 시킨 게 언젠데, 여태 뭘 하고
이제야 나간다는 것인가?

157

그러고 보니 딸은 머리 감고 드라이도 하고
아까의 츄리닝 패션에서 외출 패션으로
완벽한 변신이 완성된 상태였다.

나는 짜증이 최고조에 달하는 느낌을
겨우 억누르고 조용히 물었다!
"요 앞 상가에 가는데 무신 치장이 그리도 찬란하뇨?"

그랬더니 딸은 웃긴다는 표정에
눈을 동그랗게 뜨고 덤비듯이 말했다.
"에이~ 아빠는 산에 다니면서
등산복 브랜드 CF도 못 보셨나?
신경 써라! 산에도 시선이 많다! 몰라?"

아! 우리 집 딸은
지역 사회 유지로서의 품위를 지키고자.
자다 일어나 부스스한 모습을 떨치고
품위 있고도 자체발광 예쁜(?) 모습으로
집 앞 상가에 심부름을 하러 가기 위해
샤워를 하고 머리를 감고 드라이하고
예쁜 옷으로 갈아입고 치장을 하는 데
30분 이상이 걸린 것이고
이제야 비로소 집을 나서겠다고
손을 벌리고 있었던 것이었다. 끙~

나는 이 대목에서 아무리 생각을 해 봐도
당최 판단을 못 하겠는데
아빠의 심부름을 아예 거부하거나
회피하는 친구들의 아이들이 나쁜 건가?
아니면 이렇게 지능적으로
아빠의 심부름을 무력화시키는 우리 딸이
진정한 흉악범일까?

하기는 밤새 웬 카톡이 엄청나게 쌓여 있기에 보았더니
함께 산에 다니는 패션모델 언니들 몇 명이
밤새 등산복 패션 이야기로 난리가 났다.

여성의 심리는 알다가도 모르겠는데
여자들은 남자들과 달리
산에 가는 게 패션쇼와 다르지 않은가 보다.

어제 어떤 보도에 의하면
한국인의 취미 1위는 등산이라던데 그 말은 틀렸다!
한국인의 취미 1위는 패션쇼다!
내 진실로 이르노니,
산은 산이요, 패션은 패션이로다!

에헤라 디여~

18

우리 집 증후군

나에겐 참으로 이상한 병이 있다.
어쩌다가 집에서 뒹굴뒹굴하며 편히 있으면
왠지 더 피곤하고 어딘가가 자꾸 아픈 것 같은,
아주~ 이상한 우리 집 증후군이다.

평소 바쁘다는 핑계로 야근도 많이 하고
또한 연일 술이 만취해서 살기에
집까지 대리기사나 택시 아저씨에게
내 몸을 맡기자니 무섭고, 솔직히 대략 귀찮다는 핑계로
회사를 오피스텔로 착각하고 사는 나는
어쩌다가 집에 들어가면 신간이 편한 것은 사실이나
자고 일어나면 코가 맹맹, 으슬으슬, 감기 기운이 있는 듯하고
여기저기 쑤시는 게 몸살이 난 듯하기도 하고
암튼, 어딘가가 자꾸만 괜히 아프다.

참으로 이상한 일이다.
회사에서는 책상 위에 엎어져 자도 쌩쌩하고
의자에서 뻗어 자도 컨디션이 싱싱한데

집에서는 이불을 덮지 않고 자면 감기 기운이 역력하다.

회사에서 자고 일어나면,
산행에 다녀와서도 온몸의 근육이 탱탱한데
집에서 일어나는 아침엔
팔다리는 물론이고 온몸이 푸석푸석하고, 여기저기 쑤신다.

회사에서는 전날에 술이 아무리 만취했더라도
회사 근처의 사우나에도 다녀오고 해장국도 찾아 먹는데,
집에서 자고 일어나면 온종일 비몽사몽 숙취에 시달린다.
혹자는 말하기를 내게
'시집살이 증후군' 증상이 있는 것 같다고 한다.

주부들이 시댁이나 자기 집에서 살 때는
아무렇지도 않게 건강하게, 쌩쌩하게 잘 살다가도
친정에만 가면 긴장이 풀려서
아프지 않은 곳이 없다는 그 증상.

그리하여 끙끙 앓고 있는 그녀를
친정 식구들의 온갖 동정과 정성,
친정 엄니의 지극한 사랑으로 치유를 하게 되고
집으로 돌아올 땐 철인 28호스럽게
보무도 당당하게 언제 아팠냐는 듯이
돌아오곤 한다는 그 슬픈 이야기.

161

내가 집에만 가면 아픈 증상이 이런 것일까?
내게 있어서 우리 집은 과연 친정 같은 존재일까?
글쎄. 그런 건지 어떤 건지는 잘 모르겠다.

어제 아침에도 웬일인지 몸이 천근만근이었다.
밤에 이불을 걷어찼는지 어쩐지
콧물도 흘러나오고 잔기침까지 난리였다.

그러나 막상 동네 뒷산에 오르니
언제 그랬냐는 듯이 몸이 가뿐하여
산 정상까지 힘차게 무지하게 뛰어갔다.
원래 우리 동네 칠보산의 나의 코스 레코드는
지지난 주 산행 때의 39분이었는데
2분이나 단축하여 37분에 상쾌하게 끊었다!

그러나 또 이상하게도 집에 돌아오자마자
갑자기 속이 쓰리기 시작하고
온몸이 여기저기 쑤시기 시작하면서
잠복했던 감기 기운까지 뻗쳐서
대략 몸살 기운까지 엄습했다.

낮에 겨우 돌잔치에 다녀오고
또다시 피곤이 엄습하여 끙끙 앓느라
이불을 감고 뒹굴뒹굴하고 있는데

짱똘 구르는 소리 ver 1.0

저녁 식사 시간이 되었나 보다.
박 여사가 흔들어 깨운다.

저녁 식사 준비가 끝났는데 왜 안 나오고 있냐고
왕짜증을 낸다.

박 여사가 말하는 식사 준비 끝은
다른 집처럼 밥을 먹으라는 소리가 아니고
요리 재료의 준비가 끝났으니 요리를 시작하라는 말씀이시다.
오늘의 요리는 오삼불고기란다. 젠장~

미적미적 천근만근인 몸을 일으켜
요리를 시작했으나 입맛이 깔깔하여
간이나 제대로 되었는지 모르겠지만
타고난 눈대중과 감각으로
대략 맛난 요리가 완성된 듯했으며
암튼 저녁 식사 메뉴인
짱똘표 오삼불고기를 완성해 주고
박 여사와 막내가 맛나게 먹는 꼴을 보다가
언제인지 모르게 그대로 뻗어서 잤다.

내게 있어서 우리 집은 친정도 뭣도 아니다.
젠장!

⓵⓽
마누라 길들이기

예전에 내가 결혼하자마자
먼저 결혼한 친구들, 선후배들이
행복한 결혼 생활에 대한 지침을 쏟아냈다.
주로 '마누라 바로잡기'가 핵심 전략이었고
많은 비법을 전수받았다.

선배의 말씀.
"짱똘아. 마누라는 말이야.
신혼 초에 확실히 잡아둬야 해요. 이 엉아처럼 말이지!"

그러나 이 가르침은 좋아 보이지 않았다.
선배에게 너무 철저히 과도하게 길들여져서
쩔쩔매는 형수는 매력이 없어 보였다.

여자는 모름지기 튕기는 맛이 있어야 하지 않는가?
아무리 결혼을 했어도
"벗어!" 그러면 벗고, "누워!" 그러면 눕고….
당분간은 그런 순종형 와이프는

진실로 재미가 없을 듯했다.

친구의 충고.
"음~ 짱똘아! 내 보아하니
박 여사 성질머리도 보통이 아닌 것 같다.
그런 성질은 애당초 확~ 잡아놔야지,
우물쭈물하다간 국물도 없다!"

사실은 우물쭈물하다간 꼼짝도 못 할 것 같은
어떤 위기감은 나도 이미 느껴진 바였다.
그래서 좀 더 구체적이고도
확실한 조언을 구했더니 친구는 역시 선수였다.
그간 수년간 수집하고 애지중지 소장해 온
각종 비디오와 정력 증진에 관한 자료들을 챙겨서
친정 엄니처럼 바리바리 싸서 보내 주었다.

나는 그걸 들고 집에 간 날,
그걸 바라보는 박 여사의 표정에서
이미 반쯤 먹어주는 분위기를 감지했고
그 효과는 실로 대단했다. 하하.

그런데 후배 놈의 조언.
"휴우~ 짱 형님. 진짜로 내 꼴 나지 말고
정력에만 의지하는 오류를 범하지 마슈.

신혼 초에 페이스 조절을 자알~ 해야 하는데,
저는 지금 후회가 맥심 커피입니다!"

아니, 이게 웬 말인가?
군대도 면제되어 나보다도 먼저 사회생활을 시작하고
결혼도 일찍 해서 잉꼬부부로 소문이 났으며,
가장 안정되게 잘 사는 줄 알고 있었는데,
정력만으로 끝나는 단순한 승부가 아니니
특단의 기선 제압이 필요하다는 조언이었다.
정말 신혼 초에 마누라를 내 페이스로
제대로 길들여야 하는 건가?

박 여사 길들이기 프로젝트를 마음속에 품고
기회를 노리던 중, 드디어 때가 왔다.

어느 날, 밥상머리에서 사소한 일로
제1차 세계대전 같은 전쟁이 발발하였는데
우선 차분히 전략을 구상하여
말발 싸움으로도 충분히 이길 수 있는 사안을
슬슬 긁어서 감정싸움으로 비화시킨 후
드디어 이때다 싶을 때
차려 놓은 밥상을 왕창 엎어 버렸다!

온 방 안이 아수라장으로 디스플레이되었고
그 효과는 실로 컸다! 아뵤~

그 결과로
앞으로 10년간의 시효로
절대로 내 말에 토 달지 않을 것을 주요 골자로 하는
을사늑약 비슷한 불평등 강화 협정이 체결되었다.

그러나 나의 착각이 있었다.
우리 인생 전체로 보면
10년이란 시간은 그리 긴 시간이 아니었나 보다.

아시는 바와 같이 10년 세월의 시효는 금방 끝났다.
지금은 말다툼이 있을 때마다
박 여사가 내 노트북을 엎어 놓는다!

엊저녁에는
박 여사의 평소보다 과도한 액션으로
내 노트북이 대략 부서지는 줄 알았다!

젠장~

게이트맨

얼마 전에
우리 집에 게이트맨이란 놈이 찾아왔다.

게이트맨이 누구냐고?

요즘 새로 입주한 아파트엔 거의 옵션으로 있고,
원래 없던 집들도 이미 달아서 쓰는 집도 많은가 본데.
현관문을 열쇠로 열지 않고
전자식 자물쇠를 달아서 비밀번호를 누르면
자동으로 열리고 닫히는 시스템인데
나는 이 시스템이 별로 맘에 들지 않아서
여태껏 하지 않고 버텼더랬다.

나는 지금껏 아무리 늦은 시간에 귀가해도
절대로 집 열쇠를 가지고 다니면서
우리 집 문을 내 손으로 열지 않았다.

이유는? 그냥 싫었다.

'한 집안의 가장이 늦으면
늦는 이유가 있는 것 아니겠냐?'라는 논리.
'내가 무슨 죄를 짓고 다니는 것도 아닌데
왜? 식구들도 모르게, 조용히, 몰래(?)
기척 없이 들어가서 자야 하나?'라는 논리.

암튼 그런 똥배짱으로
몇 번의 제안 및 요청을 뭉개고 여태껏 버텼는데
엊그제 집에 가보니 덜렁 달려 있었다.

박 여사의 코 평수가 축구장만 하게 넓어진 건
진즉 알게 된 사실이지만
인제는 제 맘대로 시설 변경을 단행한다. 쩝.

박 여사가 애들에게 비밀번호를 알려주고
자랑스럽게 작동법을 설명해 주는데
나는 뭐라 하기도 귀찮아서 무시하고
그냥 모르는 척했더랬다.

어제는 술에 취해 밤늦게 집에 들어갔는데
우리 집 문에 게이트맨이 떡~ 하니 달려있기에
한참을 째려보다가
으레 그렇듯 초인종을 힘차게 눌렀다.

169

초인종 음악이 다 끝나 가는데
집 안에서는 기척이 없어서 몇 차례 또 눌렀다.

잠시 후 박 여사가 인터폰으로
게이트맨의 문 여는 법을 설명하는데
나는 조용히 목소리를 깔고 담백하게 말했다.
"문 열어라!"

그러나 문은 열리지 않았고
일단 한 번 게이트맨 작동을 해 보라는
박 여사의 짜증스러운 멘트가 이어졌다.

이럴 땐 다른 방법이 없다!
현관문을 힘차게 걷어찼다. 쾅쾅!
용케도 강아지 똘이까지 무지하게 짖어주고.
그럼 그렇지. 바로 문이 열렸고
나는 조용히 입장하여 소파에 누워서 잤다.

오늘 아침 냉랭한 냉전 분위기로
아침밥도 굶기로 작정하고 집을 나서려는데
현관문이 그냥 열리질 않았다.

딱~ 보니
손잡이 옆 버튼을 누르면 될 것 같은데

나는 또다시 모르는 척하고
주방 쪽을 향해 담백하게 말했다.
"문 열어라!"

그러자 박 여사가 구시렁대며
현관으로 나와서 문을 열었다.

뒤통수 근처에서 주먹이 바람 소리를 내며
휙~ 휙~ 지나가는 걸 느끼며
그렇게 집을 나섰는데, 걱정이 태산이다.

오늘의 귀가 타임 상황은 또 어쩌나?
이거 결국은 불의(?)와 타협을 해야 하나?
드릴을 챙겨가서 부숴버릴까?

목하 고민 중에 있다! 쩝.

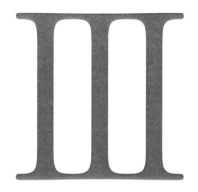

등산 이야기

❶
산에서 뛰는 이유

나는 산에서 가끔은 미친 듯이 뛸 때가 있다.

어느 일요일 아침.
일주일 내내 연달아서 폭음을 했기에,
주독을 빼려고 운동 삼아 동네 뒷산에 오르다가
배가 살살 아파져 오더니만 드디어 탈이 난 듯했다.

어느 순간 싸르르 알싸한 아랫배의 느낌.
뭔가 신비한 느낌이 엄습해 오더니
'이게 뭔가?' 했는데
아! 나도 모르게 산 중턱에서 지진 발생!
통제 기능을 상실한 똥구멍이 제 마음대로 성문을 열어서
물똥을 살짝 싼 것이었다.

'이를 어쩐다?' 잠시 고민했으나
조용히 숲속으로 기어들어가
일단은 응급조치로 팬티를 벗어서 챙겼다.

그 와중에도 노팬티의 산행이
이리도 즐거울 줄은 미처 몰랐다며 혼자 히죽거렸다.

그런데 짜증 나게도 산꼭대기에서 2차 사고, 여진 상황!
또다시 흘렸다.
젠장! 정말 왜 이러니?
이번엔 정말로 대책이 없었다.

웬만하면 그대로 버텨 보려고 했는데
바지에 묻은 거시기 때문에
도저히 걸음을 걸을 수가 없었기에
할 수 없이 또다시 숲속으로 들어가서
마지막 응급조치를 단행했다.

내가 취한 응급조치는 츄리닝 바지를 뒤집어 입는 건데
이렇게 하기를 잘했다는 생각이 들었다.

이른 새벽 시간이라 한적한 산길이고
뭔가 묻은 흔적도 자세히 보지 않으면
잘 보이지도 않았겠지만,

혹시라도
바지를 뒤집어 입은 내 꼬락서니를 누가 볼까 봐
또는 혹시라도 누군가가 아는 척하며 말을 걸어올까 봐

175

산꼭대기에서부터 집까지 눈을 질끈 감고
숨이 턱에 차도록 방울 소리 울리게 엄청나게 뛰었고
냄새라도 풍길까 봐 엘리베이터에도 못 타고
계단으로 뛰어올라 집에 돌아왔으며
곧바로 화장실로 튀어 들어가서
애매하게 남아있던 마무리 배설 완료!

샤워를 끝내고
손수 팬티와 츄리닝을 빨아 널어
완벽하게 증거를 인멸하고 사고를 수습하여 마무리했다.

그 난리 통에 힘이 쪽~ 빠져서
거실에 잠시 길게 뻗어 누워 있는데
아침 준비를 하던 우리 집 박 여사가
엉덩이를 두드려 주면서 한마디 했다.

"이제부터는 빨래도 직접 하기로 했나? 기특하기도 해라!"

나는 뭐라 말할 기력도 없어서 조용히 엎어져서 있는데
잠시 후 집으로 걸려온 전화로 한참 수다를 떨던
우리 집 박 여사가 하시는 말씀을 듣고, 기절해 버렸다!

"오늘 저녁엔
우리 동네 언니들하고 회식이 있는데

당신도 아파트 뒤쪽에 있는 호프집으로
7시까지 늦지 말고 꼭 와야 해! 알았어?

그리고 산에 가든 동네에서든 운동 좀 살살해라!
조금 전에도 선희랑 오늘 저녁 약속 때문에 통화했는데
짱똘 선수가 힘도 좋다고
온 산을 길길이 뛰고
아파트 계단도 날아다닌다는 소문이 쫙~ 퍼져 있단다!
집에서는 힘도 못 쓰면서.
소문난 잔치에 먹을 거 없다는 말이 딱 맞네. 쯧쯧"

❷
겨울 산행의 삼고삼락(三苦三樂)

얼마 전 어느 선배님이
추운 날 무슨 재미로 산엘 가냐고 의아해하시기에
겨울 산행의 삼고삼락(三苦三樂),
세 가지 고생과 세 가지 즐거움을
다음과 같이 친절하게 설파해 드렸다.

겨울 산행을 하다 보면 날씨가 춥지요.
추운 날씨에 어는 건 손발만이 아니지요.
귀도 얼고 코도 얼고 콧물도 업니다.

시원한 콧물을 한 볼테기 마셔 보았나요?
무지하게 시원합니다.
생맥주보다도, 사이다보다도 청량감이 압권입니다.

이것이 일락(一樂)이라면
그 콧물을 들이키다가 사레가 걸렸을 때 대략 죽음입니다.
이것이 일고(一苦)이지요.

겨울철 산행은 상대적으로 땀을 적게 흘려서 그런지
자주 오줌이 마렵습니다.

그런데 바람은 세게 불어대지요, 껴입은 옷은 많지요,
보는 눈도 엄청 많지요,
해서 오줌보가 터질 때까지 버티게 됩니다.

버티고 버티다 정말로 참기 어려우면
어떻게든 자리를 확보하고 결행을 합니다.
이때의 쾌감이 이락(二樂)입니다.

그런데 이때 주의해야 할 점이 있습니다.
군대에서 화생방 시간에 배운 대로
바람을 등지고 조준해야 합니다.

짜증 나는 일은 가끔 산에서 부는 바람은
이쪽저쪽 대책 없이 방향이 바뀌곤 한다는 점입니다.
난데없이 오줌 샤워 쇼를 하게 되면
이것이 이고(二苦)이지요.

산행 시에 제일 고민되는 준비 사항이 뱃속 정리입니다.
어쩌다 보면 꼭 산 중턱에서 신호가 옵니다.

이 역시 버티고 버텨 보지만

179

최악의 순간이 오면 큰맘 먹고 결행을 합니다.

아는 사람은 다 아시겠지만
주변 상황이야 어쩌든 간에 이 순간이 삼락(三樂)입니다.

다만 겨울철 눈길 산행은
우리가 걷는 등산로는 잘 다져진 눈길이지만
그 외의 장소는 발이 푹푹 빠집니다.

주저앉아 있을 때 엉덩이와 지면의 눈 사이의 거리가
조용히 매우 가까워집니다.

게다가 비탈진 곳에서 불안정한 자세로 비틀대다가
자칫 엉덩이에 똥칠을 하는 경우가 생깁니다.

짜증 나는 이 경우 아무리 뒤처리를 잘해도
산행 내내 걸음걸이가 이상해지고, 마음이 영~ 찝찝합니다.
삼고(三苦)이지요.

삼고(三苦)에는 보너스도 있습니다.
내가 싼 똥을 눈으로 덮다가
등산화에 묻으면 무지하게 짜증 납니다.

에이~

❸ 약수터의 의미

오늘은 청계산 간단 산행.
과천 매봉까지만 살살 올라
마지막 단풍을 만끽하고 내려왔다.

내가 지금은 이 정도 산행을 간단 산행이라 감히 말하지만,
얼마 전까지만 해도 누군가가 산에 가자고 하면
이렇게 말했더랬다.
"산은 보라고 있는 거지, 올라가라고 있는 게 아녀~.
꼭 산에 가고 싶으면 가자!
그러나 산 밑에 있는 막걸릿집까지만 가자! 오케이?"

불과 몇 년 전 봄에 있었던 일이다.
후배들이 하도 징징대서
무모하게도(?) 관악산 등정을 시도했으나
체력이 달려서 실패한 과거가 있다.
과천 향교에서 겨우 약수터까지
헉헉대며 올라갔다가 내려왔다.

181

산에서 내려오자
우리 집 박 여사가 기다리고 있었다.

박 여사도 역시나 등산을 싫어했기에
내가 술을 먹고 버티면 데리고 가려고…
사실은 좋아하는 파전을 얻어먹고 싶어서
따라온 것이었다.

산 밑에서 거나하게 막걸리 파티를 시작했는데
술이 거나해질 무렵 평소에 주책바가지인 여자 후배 녀석의
오버성 멘트가 시작되었다.

노처녀이고 학생 때도 통통한 편이었지만
조금 더 불어서 거의 뚱보 아줌마 스타일인데,
처녀라서 그런지 귀염성은 좀 있는 편이지만
외국물을 오래 먹어서인지 표현이 자유분방,
좋게 말해서 와일드, 나쁘게 말하면 천방지축이다.

인사 방법도 누가 보든지 말든지 간에
만나면 끌어안고 뽀뽀하고 그러는 스타일이다.

학생 때도 나를 많이 따랐는데
지금도 표현이 늘~ 적나라하다.
물론 남자로서가 아니라 선배로서겠지만.

그런데 술이 거나해진 뚱보 후배가
갑자기 대화에 끼어서 난리가 났다.
"나는 말이야. 마른 여자가 싫더라!
마른 여자는 겉으로는 예뻐 보이지만
목욕탕에 가서 한번 봐봐. 가관이다? 진짜로 못 봐줘요!
골반 뼈가 삐죽 나오고 가슴도 없고…" 주절주절….

다들 대충 웃어넘기려는데 이놈이 점입가경.
갑자기 나를 쳐다보면서
우리 집 박 여사와는 비교도 안 되는
풍성한 가슴까지 내밀며 한다는 말이

"오빠도 알잖아? 내가 벗겨 놓으면 예쁜 거. 탱탱한 거.
들어갈 데 다 들어가고 나올 데 다 나온 거!
난 살은 조금 쪄서 옷 태는 안 나도
홀딱 벗고 거울 쳐다보고 있으면
내 몸매에 내가 뿅~ 간다니깐!
내 몸매는 정말정말 예뻐! 한번 만져 볼래? 홍홍홍!"

에고에고~ 선배들이든 후배들이든
들어주기가 조금 곤혹스러웠고
후배와 박 여사를 번갈아 쳐다보며 거북스러워했지만
모두가 그러려니 하고 대충 잘 넘어갔다.

183

술자리가 끝나고 집에 돌아와서
잠자리에 들려는데 박 여사가 불현듯 물었다.
"어디까지 갔었어?"

그런데 말하는 모양이, 어금니를 꽉 물고 있었다.

나는 약간 긴장하며 사실대로 담백하게 말했다.
"딱~ 약수터까지만!"

그러자 박 여사는
"음. 그래도 약수터까지는 갔군!"
"피곤한데, 일찍 자자!"

우리의 대화는 거기서 끝이었다.
뭔가 이상해서 슬그머니 물었다.

"그런데 왜 이는 꽉 물고 말을 하고 그러냐?"
"응. 사랑니가 또 아프네."
"그래? 그렇구나! 그럼 자자!"

나는 속으로 한숨을 표효효~ 쉬고
행복하게 잘 잤다.

PS.

혹시 모르시는 분들을 위해 부연 설명을 하자면

우리 젊은 시절엔

여자와의 연애 진도 및 관계에 관하여 물을 때에

"어디까지 갔냐?"라고 물으면

등산에 비유하여 대답하곤 했다.

약수터. 뽀뽀 수준.

7부 능선. 스킨십 단계.

정상 정복. 같이 잤음.

믿거나 말거나!

185

❹
이게 뭐예요?

산에 다니다 보면 주책없는 사람, 융통성 없는 사람,
센스 없는 사람들이 꼭 있다.

산행 초보자나 지진아급의 동행들을 모시고
산을 오르다 보면
중간중간에 쓸데없는 질문을 꼭 듣게 된다.
"을매나 가야 해요?"
"을매나 남았어요?"
"아직 멀었나요?"

나는 한두 번은 선의의 거짓말로 달래주기도 한다.
"쬐끔만 가면 되요!"
"쪼오기~ 저 언덕만 넘으면 돼요!"
"으~따! 벌써 하늘이 보이네!"

그러나 나의 이 사기성 멘트는 금방 들통이 나고
급기야 나에 대한 불신의 분위기가 조성되어
하산길의 다른 등산객에게 직접 묻고 확인하는

특단의 조치를 감행한다.
"아저씨! 얼마나 남았나요?"

이때 "조금만 더 가면 됩니다! 힘내세요!"
라고 말하는 게 산행의 예의이고 정답인데
주책없는 사람, 융통성 없는 사람, 센스 없는 사람들은
이렇게 말한다.
"두 시간 이상은 더 가야지요!"
"아직 한~참 남았어요!"
"원래가 하늘 보이고 두 시간은 더 가야 하는 거예요~!"

나는 이런 사람들 뒤통수를 한 대 갈겨 주고 싶은데,
살인 날까 두려워 꾸욱~ 참는다. 끙~

한편, 산에 오르는 중간중간 한 템포 쉬는 사람들이 많고
쉬면서 물만 마시는 게 아니고 간식거리도 꺼내어 먹고
막걸리라도 한잔씩 하는 경우가 많다.
나는 가끔 그 먹거리를 보며 하릴없이 묻는다.
"이게 뭐예요?"

아마도 이 말에 들어있는 속뜻은
"쪼금만 줘 볼래요?"
"한 잔만 주시면 안 될까요?" 그런 뜻일 거다.

187

그러나 융통성 없는 사람, 센스 없는 사람들이 꼭 있다.
"이거 말린 대추에요! 왜요?"
"이건 검은콩 막걸리인데, 맛이 기가 막힙니다!
등산로 입구에서 팔던데, 못 봤수?"

그나마 일면식 없는 사람에게야 뭐라 할 수도 없지만
우리 친구들 중에는
아직도 학창시절 도시락을 감추고 먹던 버릇이 남아있는
상종 못 할 친구들이 몇몇 있다.

엊그제 관악산을 오르는 과정에
오물오물 맛나게도 육포를 씹고 있는 한 친구에게
"이게 뭐~니?"라고 물었을 때
눈치코치 없고 싹수도 없는 이 인간이
불경스럽게도 눈을 동그랗게 뜨고
"이건 수입 육포가 아니고 한우로 만든 순 국산 육포야!"
라고 말하며
손에 들고 있던 한 조각을 제 입으로 홀라당 처넣고
나머지 봉지를 배낭에 처넣고는
그 후로도 끝까지 혼자만 처먹었다.

하산 후 뒤풀이에서
그 친구에게 어금니를 꽉 다물고 말했다.
다음부턴 산에서 바위 탈 때 몸조심하라고….

188

겨울 산행에 대하여

오늘은 겨울 산행에 참가하는 동창 친구들에게
다음과 같은 협박성 메일을 발송했다.

친구들아!

이번 설악산 산행에 많은 친구가 참가 신청을 했는데
나는 마음이 즐거운 한편, 걱정도 많다.
여러 사람이 산에 가면 인하, 종길이처럼
뺀질뺀질 말 안 듣는 인간들이
반드시 나타나기 마련이기 때문이다.

겨울철 산행은 주의할 점이 많이 있는데
다 아는 이야기일지라도
잘 읽어보고 마음의 준비를 단단히 해 주기 바란다.

겨울 산의 기온은 최대 영하 20~30℃의 날씨다.
평지 기온이 영상의 기온일지라도
산악 날씨는 높이에 따라 온도가 급속히 하강하는데.

189

100m당 0.6℃가 떨어진다고 하니
1,000m급의 산 정상에서는 영하 6℃ 상황이 되는 것이며
바람까지 강하게 불면 체감온도가 영하 20℃ 이하로
떨어지는 경우가 많다.

이때 여벌 옷을 준비하여 추우면 껴입고
땀이 났을 경우엔 신속히 갈아입어야 함이 철칙인 것인데,
간혹 게으른 인간들,
특히 배낭이 작다는 핑계가 있는 인간들은
웬만큼 덥거나 추워도 뻗대는 경향이 있다.

젖은 옷은 체온을 빨리 빼앗기 때문에 대단히 위험하고
체온 저하가 심한 경우엔 아무리 베테랑 산악인이라도
저체온증에 걸려 사망에까지 이를 수 있음을 명심하자!
알겠지?

겨울철 산행 특히 눈길 산행은 체력 소모가 심하다.
따라서 산행 중 간식으로 에너지를 보충하여
탈진하지 않도록 해야 하며
떡이나 빵, 소시지나 치즈,
초콜릿, 사탕 등의 행동식 간식을
식사를 대용할 만큼 충분히 준비한다.

산행 중에는 펼쳐놓고 식사할 장소가 마땅하지 않은

경우가 많기 때문이다.

또한 강조하건대, 겨울철 산행에서
상습 앵벌이는 민폐를 끼칠 수 있다.
밥이나 간식을 같이 나눠 먹더라도
기브 앤 테이크(give&take)를 반드시 실천하도록 한다.

또한 겨울 산행에도 식수를 반드시 준비한다.
다만 다른 계절보다 적게 준비해도 되는데
작은 보온병에 따뜻한 물(보리차, 녹차 등)을
함께 준비하면 더욱 좋다.

특히, 어떤 인간들은
컵라면은 가져오고 뜨거운 물은 안 가져와서는
어쩌라고 노숙자 포즈로 날 째려보고 있는지,
아주~ 자궁이 답답한 인간들이다.
올겨울 산행에서는 어림없다!
진짜로 국물도 없음을 강조하는 바이다.

과도한 음주는 생명을 단축한다.
술을 먹고 취하면 잠깐은 알딸딸하고 좋겠지만
춥다고 해서 술에 취할 정도로 먹는 것은
하산 시 조난을 부른다.
또한 술이 깨면서 체온이 2℃ 정도 내려간다고 하니

191

이것도 참고하자!

정상에서 정상주가 없으면 섭섭하니까
간단히 한두 잔 정도로만 자제하기로 하고
하산 후에는 코가 삐뚤어지도록 마셔도 뭐라 안 할 거다.

일행에서 뒤처지거나 너무 앞서지 않도록 노력한다.
일행에서 낙오되어 뒤처지면 조난을 당하기 쉽다.
힘에 부칠 때는 내게 미리 이야기하면
전체 산행 속도를 적절히 조절해 줄 것이다.

반대로 지난번 상범이처럼
뭐~ 잘났다고 혼자 갑자기 뛰쳐나가서는
정상에서 벌벌 떨며 느지막하게 도착한 우리에게 난리를 친
경우를 모두들 보았으리라.
모든 산행은 후미 기준이므로,
다른 사람들과 보조를 맞추는 게 만수무강의 지름길이다!

휴식은 되도록 퍼질러 앉지 말고
선 채로 몸풀기 운동을 하면서 쉬도록 한다.
눈길 산행은 앉아서 쉴 만한 곳이 없기 마련이다.
배낭을 멘 채 나무에 기대거나 해서 잠시 휴식을 취하고,
가만히 있기보다는 근육을 풀어주고 스트레칭을 하면서
쉬는 것이 좋다.

물론 어떠한 수다 떨기도 뭐라 안 할 거지만
규민이처럼 지나가는 여자들에게 치근덕대는 건
단체로 부ㄲ러우니깐 자제하길 바란다.

스틱 활용을 적절히 한다.
눈길 산행 시 스틱은 좋은 보조 장치이지만
다른 사람에게 피해를 주지 않도록 주의하여야 한다.
도현이는 스틱만 주면 땅을 후벼 파는데,
땅속에 아무것도 없다!
빌려준 내 스틱, 네가 다 망쳐놓는 거 알지?

아이젠은 필수이지만!
아이젠을 착용하면 쉽게 피로가 올 수 있어서
어떤 조급증 환자들은
눈길이 조금만 만만해 보이면 아이젠을 벗고 버티는데
좀 귀찮은 게 꽈당으로 다치는 것보다는 신상에 좋을 거다.

벗었다 신기를 신속히 대응 반복하든가
안전함이 확인될 때까지 신고 버텨 주든가
둘 중에 하나를 선택하라!

또한, 겨울철 손이 시린 상황에서는
장갑을 벗고 아이젠을 착용하지 말고
장갑을 낀 채로 착용하는 것이 좋은데

193

늘 잔소리하지만, 아이젠을 미리 살펴보고
앞뒤가 어디인지, 어떻게 착용하는지,
착용하고 벗기를 장갑 낀 채로
집에서 여러 번 연습하고 오기 바란다!

다시 한번 강조하건대
산행은 부지런을 떨어야 하는 것이 철칙이고
단체 행동 정신에 입각하여 상호 협력해야 하며

도시락 준비, 간식 준비가 귀찮고
무거운 배낭이 싫고 이것저것 챙기기가 귀찮고
옷을 입었다 벗었다 하는 것이 귀찮고
배낭을 벗었다 메었다가 하는 것이 귀찮고
아이젠을 착용했다 벗었다 하는 것이 귀찮으면
산행보다는 기차 여행을 가든가
따뜻한 집 안에서 TV나 보며
뒹굴뒹굴 시체놀이나 할 것을 권장하는 바이다.

무섭지? 하하.

❻

유주얼 서스펙트

1) 생리 현상

산에 오르다 보면 장운동이 활발해져서 그런지, 어쩐지
방귀가 많이, 아주 자주 나온다. 나만 그런가?

암튼 내가 산행할 때에 쓸데없이 질주 본능을 발휘한다고
생각하시는 친구들이 많은데
사실은 멀찍이 달아나 사람들이 없는 곳에서
혼자 호젓하게 방귀나 실컷 뀌려고 그러는 거로
그렇게 이해해 주시면 감사하겠다.

2) 동반자

어느 날 내가 개인적으로 다니는 산악회에서
북한산 의상능선에 올랐는데
그날도 전날의 과음으로 속이 거북하여
평소처럼 멀찍이 달아나려고 하는데
동반한 산우님 중에 청송이란 분이

195

평소엔 후미 그룹에서 따라오시는 편인데
의상능선 바윗길이 무서워서 그런지
계속해서 내 뒤를 바짝 따라오고 있었기에
평소의 내 생리 현상의 푸짐한 발휘에
큰 걸림돌이 되고 있는 상황이었다.
바윗길 슬랩을 오르는 자세가
똥 마려운 강아지 폼이었을 것이고
일부러 거세게 달아나 보기도 하고, 천천히 가 보기도 했는데,
변함없이 3보쯤 뒤에서 헉헉대며 따라오시는데
뱃속은 부글대고… 나는 미쳐 버리는 줄 알았다. 끙~

3) 자각

잠시 쉬며 물 마시는 간식 시간에
어느 산우님께서 청송님께 간식을 권하는 상황.
과도한 액션과 제스처를 섞어
아주 큰 소리로 대화하시는 걸 목격한 순간,
나는 한 줄기 광명(?)을 찾았다.

내가 깜박 잊고 있었던 사실.
청송님은 심각한 교통사고 후유증으로, 귀가 좋지 않아
심한 난청 증세!
웬만한 큰 소리가 아니면 듣기에 어려움이 있다는
바로 그 중요한 사실을

그제야 자각하게 되었던 것이다!

4) 고민 해결

이윽고 다시 산행이 계속되었고
쭈욱~ 그래왔듯이 나는 잽싸게 선등에 서서 달리고
청송님은 내 뒤를 바짝 따라붙고
나머지 인원은 저 멀리서 따라오고 있었다.

앗싸~! 드디어 한 시간 넘게 참았던
고민을 해결할 찬스가 왔다.
마침 바람도 세차게 불어주는 타이밍에
대슬랩 구간에 오른 나는
큰맘 먹고 방귀 신공을 시전하였다.
뿡뿡~ 피쉬식~ 뻬용~
아주~ 신바람 나는 방귀 멜로디가
북한산 의상능선에 넘쳐났더랬다. 하하.

5) 유주얼 서스펙트

잠시 후 다시 휴식 시간.
한참이나 뒤처진 후미 인원을 기다리느라
선두에 섰던 나와 청송님 단둘이
어느 바위에 앉아 쉬고 있었는데

197

평소, 꼭 필요한 말이 아니면, 한 마디도 안 하시는 그 양반이
문득 내 어깨를 툭 치며 한 마디 말씀을 하셨다.

"왜 그래? 오늘 속이 안 좋아?"
"……"

❼ 공짜 국수 유감

어제는 목동 사는 친구가
자기 동네 맛집으로 초대하겠다고 했던 날인데
이놈이 이상한 핑계를 대며 펑크를 냈다.

나는 거짓말 또는
확실하지 않은 공약을 하는 사람들이 싫다.
특히나 먹는 걸 가지고 약 올리는 사람들이 싫다.
원래는 그렇지 않았는데
결혼한 이후에 더욱 그렇게 되었다.

밥상 차리기를 아주 싫어하는 우리 박 여사는
내가 집에 들어간다고 예고 전화를 하면
언제나 이렇게 되묻는다.
"밥은?"

그 한 마디에 함축되어 있는 뜻은
매우 심오하며 매우 강력한 느낌으로
오싹한 경고의 의미를 전달한다.

199

"밥은 먹고 오는 거지? 그래그래, 착하지?"
"시방 집에 와서 나보고 밥 달라고 할 건가?"
"배고프면 대충 알아서 먹고 오는 거로 하자! 응?"

에허~
이런 질문이 있을 때 나는 당당하게
"먹었지!"라고 말하고 싶다.

예전에 어느 선배님과 처음으로 광교산에 올랐을 때
그 선배님이 말하기를,
"광교산에는 '시루봉'이라는 봉우리가 있는데
거기 가서 시루떡을 실컷 먹여 주겠노라."라고
거짓말을 했다!

순진한 나는 그걸 믿고 열심히 산에 올랐는데
막상 시루봉 꼭대기에서 선배님은 능청맞게도
"어? 오늘따라 시루떡 장사가 없네?" 그랬다.

순진한 나는 그 말을 믿었지만
몇 번이나 광교산을 오른 이후에야
그 말이 거짓말이라는 걸 알았다.

우리 박 여사는 광교산에 다녀올 때마다
집에 오자마자 밥을 찾는 내게 성질을 부렸고

짱똘 구르는 소리 ver 1.0

급기야 그 선배님을 매우 싫어한다. 끙~

한편, 삼성산에 처음 올랐을 때의 일이다.
산에 가는 안내 과정에서
산악회 총무 언니가 강조하여 말하기를,
"삼성산 삼막사에 가면 엄청나게 맛있는 국수를 공짜로 주니
다른 점심 식사 준비를 할 필요가 없다!"라고 말했다.

순진한 나는 이 말을 믿고
물 한 병만 달랑 들고 맨몸으로 산에 올랐다.

배가 무지하게 고팠지만 꾸욱~ 참고 산 정상까지 올랐다가
드디어 삼막사에 당도하였는데
이런 젠장! 이런 일이 있는가?
국수는 일요일에만 주고
토요일인 오늘은 국수를 안 준단다!
이런 이런….

배를 쫄쫄 굶고 열심히 산에서 내려오는데
마침 박 여사의 전화가 왔다.

박: "언제 오나?"
나: "지금 산에서 내려가는 중!"
박: "집에 바로 올 건가."

나: "별일 없으면."

박: "밥은?" (드디어 올 것이 왔음)

나: "그게 말이지… 글쎄,
오늘은 산에 가면 국수를 공짜로 준다고 해서
그 말만 믿고 물 한 병만 달랑 들고
빈손으로 털레털레 왔는데…
글쎄, 그게 거시기한 상황이 생겼는데
국수는 일요일에만 주고 토요일인 오늘은 안 준다네?
이런 말도 안 되는 일이…"

나는 거기까지 말하다가 아차 싶었다!
아니나 다를까?
무지하게 열 받은 박 여사가 악다구니를 쳤다!
"거기 산행 안내한 인간 바꾸든가,
아니면 그 인간 전화번호 빨리 대 봐!"
결국 나는 그 산악회를 탈퇴했다!

어제저녁 목동 친구 놈의 배신으로
또다시 박 여사와의 불편한 통화가 있었다.
봉식이는 조만간 아마도
우리 박 여사의 옆차기 맛을 보게 될 것이다!
에혀~

❽ 불륜 커플

우리 주변엔 알게 모르게 불륜 커플이 많은데
그 커플들의 행동거지를 가만히 살펴보면
확실히 불륜 티를 내고 다닌다고 한다.

불륜 커플로 티를 내게 되는 상황은
주로 뭘 먹을 때라고 하는데
예를 들면 산에서 남녀 혼성으로 여럿이 산행을 할 때,
간식 시간이나 점심 식사 시간 때에
정상적으로 자연스러운 사이의 남녀 회원은
"이것 좀 드서 보시지요?"라고 말하며
눈길을 똑바로 마주치면서 권하는 데 반하여
불륜 남녀는 조용히 암말도 없이 시선을 내리깔고
상대방의 코앞에다가 먹을 것을 가져다 놓거나
손에 가만히 쥐여주는 묘한 시추에이션을 보인다고 한다.

한편 식당에 가면, 특히나 불륜 커플이 좋아할 만한
그런 식당에 가 보면 불륜 커플과 정상적인 부부의 구분을
정확히 해낼 수 있다는데,

203

불륜 커플의 경우는 값비싼 최고급 메뉴는 물론이고
누가 보아도 분명히 다 먹지 못할 만큼의 많은 음식을
주문하면서 오버액션을 하는 데 반하여
부부 커플의 경우는 알뜰살뜰하게
둘이서 딱~ 먹을 만큼만 주문을 하며
혹시라도 한 쪽에서 많은 주문을 하려 하면
다른 한 쪽에서 반드시 태클을 건단다.
"그걸 어떻게 다 먹으려고 그래?" 그러던가
심지어 "미쳤어?"라고까지
다그치는 상황이 보인단다. 하하.

그러다 보니 불륜 커플이 좋아하는 식당의 주인은
부부 커플이 오는 것보다 불륜 커플이 많이 오는 걸
매우 좋아하며,
눈치가 빠른 식당 주인, 불륜 커플은 무조건 VIP급의
대응 전략으로 응대한다고 한다.

혹시 현재 불륜 상황에 계시는 분들은
이 점을 조심하시기 바란다. 하하.

간혹 예외도 있는데
예를 들면 우리 부부 같은
돌연변이 성향의 경우도 있다.

나는 박 여사와 함께 단둘이 식당에 가면
언제나 과장해서 과도한 주문을 하는 경향이 있는데

우리 집 박 여사는 절대로 정상적인 부부들처럼
과장된 나의 행태를 제재하지 않고
오히려 자기가 직접 만든 음식을 빼고
남들이 차려준 밥은 무조건 다 맛있다며
"이것도 하나 더 시켜보면 안 될까?"라며
추가 주문을 요구하곤 한다.

아무리 보아도
우리 부부는 무늬만 불륜 커플인 것 같다.

아니면 말고…

205

❾
도시락 두 개

믿거나 말거나 한 사실이겠으나
내가 산에 다니고 자전거를 타면서 달라진 점은,
우선은 체중은 조금 빠져서 큰 차이가 없되
체형이 나름대로 슬림화되었다는 것과
체력이 눈에 띄게 좋아졌다는 것이리라.

그리고 체력이 좋아졌다는 것은
아무래도 정력이 세졌다는 것과 일맥상통하겠지? 하하.

아무튼 주말에 산에 다녀오거나
라이딩을 한바탕하고 오면 뒤풀이로 술도 한잔했겠다,
피로감이 왕창 밀려와 집에 오자마자 소파에 고꾸라져서
대략 기절 모드로 뻗어버리는데
산신령님의 정기를 받아서 그런지, 어쩐지
전립선 안장의 효과를 보는지, 어쩐지
신기방통하게도 새벽이면 눈이 반짝 눈이 뜨이고
주책없이 텐트까지 치게 되더라는 말씀. 하하.

그래서 그런지 우리 집 박 여사도 덩달아 신이 났는데
처음에는 산에서 먹을 점심 도시락을 챙겨 달라고 하면
평소에는 그냥 밥상을 차리는 것조차
무지하게 귀찮아하던 스타일이었으므로
도시락을 챙기며 인상을 쓰고
들으라는 듯 구시렁대며 투덜거렸었는데
지금은 룰루랄라 콧소리까지 내어 가면서
정성스럽게 맛난 도시락을 챙겨주며
특히나 유일한 노 인스턴트 메뉴인 계란말이는
내 도시락의 트레이드마크가 된 지 오래되었고
없으면 함께 산행하는 친구들이 섭섭해하는
고정 메뉴가 되었다. 하하.

그러고 보니 내가 등산과 라이딩에 빠지게 된 이유는
당연히 내 자유 의지에 따르는 문제도 있겠지만
그보다는 등산과 라이딩 후
그 후속 효과로 왕성한 힘자랑(?)을 하는 내게
주말만 되면 밖으로 내몰아대는
박 여사의 은근한 경고와 성화가 빗발치므로
못 이기는 체 떠밀려서라도
꼬박꼬박 나가게 된다고 볼 수 있다! 하하.

요즘은 어쩌다가 비가 많이 와서
산행이나 라이딩 계획을 취소하려고

207

아침 댓바람부터 여기저기 연락을 취하다 보면
준비해 놓은 도시락을 해체하면서
설거지하는 소리 달그락 소리가 거칠고
도끼눈을 뜨고 날 째려보는 듯한
박 여사의 눈초리가 레이저처럼 무지하게 무섭다. 끙~

그런데 얼마 전 산에서 도시락을 꺼내어 보다가
이상한 느낌을 받았다.

어쭈구리! 도시락이 두 개나 들어 있네?
그러거나 말거나. 일단은 마침 친구들 중에
김밥 한 줄 딸랑 들고 온 친구가 있기에
맛나게 잘 나눠 먹고 잘 놀았다.

그러나 그날 이후 나는 왠지 뒤가 켕기고
뭔가 찜찜한 기분이었다.

아무리 보아도 박 여사의 눈초리가
평소와 같지 않게 느껴졌기 때문이었다.
이게 뭔가?

며칠째 혼자서 잔머리를 무지하게 굴려 보았는데
문득 드는 생각이
'혹시나 도시락 두 개의 의미는 하룻밤에 두 번?'

에이~ 설마 그건 아니겠지.
그러나 진짜로 그런 의도라면?
아흑~

며칠 동안 궁금해 죽을 것 같았던 나는
오늘 아침에 드디어 용기를 내어
조용히 물어보았다.

"박 여사! 지난 주말엔 웬일로 도시락을 두 개나 싸주었더라? 왜?"

그러자 박 여사는 아무렇지도 않게
나를 허망하게 만드는 멘트를 날렸다.

"미국에서 온 친구가 같이 산에 간다기에
나눠 드시라고 두 개를 쌌는데. 잘했지?"

아! 나는 갑자기 주책없게도
안도의 한숨이 포효효~ 나오는 걸
주체할 수 없었다.
에혀~

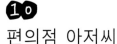

편의점 아저씨

나는 평일에도 산에 자주 간다.
주말에만 산에 가면 운동 효과가 떨어진다고 하여
일주일에 한두 번, 야밤에 산에 오르는데
야밤에 산에 가는 걸 전문 용어(?)로 '야등'이라고 한다.
이 대목에서 야동 같은 야한 생각은 금지! 하하.

야등은 밤 8시에 출발하여 10시쯤 하산.
회사에서 퇴근하고 집결지로 바로 가려면
저녁 식사는 어떻게 해결해야 하는지 애매하여,
처음으로 산악회 야등에 참여 신청을 할 때
산악회의 선배님들께 질문을 했다.
"밥은 미리 먹고 가야 하나요?"
(속으로는 '밥도 사주나요?'의 의미였다)

그러자 기대하지 않은 불친절한 답변이 돌아왔다.
"간단히 알아서 드시고 오시죠?"

제기랄!

"조금 일찍 오시면, 제가 사드릴게요!"
라는 대답을 기대했건만. 쩝.

암튼, 간단히 먹을 저녁이 무엇일꼬?
잠시 고민하다가 편의점에서 파는 우동으로 결론을 내렸는데
나는 한밤중에 출출할 때 야식으로
컵라면 종류는 별로 싫어하지만
가쓰오 우동은 좋아하여 가끔 먹는다.
요게 국물 맛이 아주~ 좋기 때문에. 하하.

그리하여 산 아래 편의점에 들러
우동 한 그릇을 뚝딱 자알 먹고
산에서도 펄펄 날랐으며 (자뻑)
이제는 으레 야등 전에 시간이 남으면
편의점 우동을 하나 먹어주는 게 기본 코스다.

그런데 얼마 전 어느 편의점에서
강적 아저씨 한 분을 만나
매우 불편, 유쾌한(?) 상황을 경험했다.

그날도 조금 일찍 도착하여
야등 매뉴얼대로 한 편의점으로 들어갔는데
반갑게 맞이하는 주인아저씨가 친절해 보이기는 했으나
느낌이 싸~한 게 뭔가 심상치 않았다!

211

가쓰오 우동 하나, 꼬마 김치 하나를 집어 들고
카운터에서 계산했고
뜨거운 물을 부어서 요리(?)를 시작하려 하는데
허걱! 주인아저씨가 아는 체 훈수를 두며
요리 지도 과잉 친절을 베풀기 시작했다.

원래 가장 일반적인 우동의 조리법은
우동 면발과 액상 스프를 함께 넣은 후
뜨거운 물을 적당량 붓고
전자레인지에서 3분간 땡~ 해야 하며
그 후에 나머지 건더기 스프를 넣어서
먹으면 맛 좋은 레시피(조리법)인 것인데.

내 요리 과정에 편의점 아저씨가
한사코 물을 너무 많이 부었다고 잔소리,
전자레인지에 데울 때 건더기 스프를 같이 넣는 게
맛있을 거라고 훈수,
이리저리 조리법에 대해 참견을 했다.

자기 딴에는 친절 서비스일 것이나
내 딴엔 자타가 공인하는 셰프임을 자부하며
내 입맛에는 짠 국물보다는 싱거운 듯
밍밍한 국물 맛이 좋고
건더기 스프에 있는 튀김가루가

팍~ 퍼져서 흐물거리는 것보다는
먹기 전에 바로 넣어서 아삭하게 씹는 맛을 좋아하는데
그걸 일일이 설명할 이유도 없고
설명하기 싫어서 무시하고 내 요리에 집중했다.

그러나 내가 상대를 과소평가했나 보다.
이 아저씨는 정말로 집요했는데
뭐라 그러거나 말거나 시식 코너에 자리 잡고
한참 맛나게 먹고 있는데 또 잔소리.
"국물 맛이 싱겁죠! 아까 보니
물을 너무 많이 부었다니깐. 쯧쯧."
"건더기 스프 익었어요?
전자레인지에 미리 넣어줘야 부들부들 맛난데."

나는 웬만하면
꾹 참고 조용히 먹고 나오려고 했으나
도저히 참견 소리, 잔소리가 듣기 싫어서
지그시 눈이 마주치지 않게 인상을 한 번 써 주고
조용히 우동 그릇과 김치 봉지를 들고
밖으로 나와 버렸다!

날도 추운데 편의점 밖 파라솔 의자에 앉아
부글부글 끓는 마음을 진정시키고
다시 식사를 개시했는데

213

이 아저씨의 집요함에 나는 감탄했다!

벤치는 따로 치울 것도 없이 깨끗하던데
이 아저씨는 괜히 건수 잡아서
무언가 치우는 척하며 따라 나와서
또 과잉 친절성 잔소리를 시작했다.
"국물 싱거우면 말씀하세요. 액상 스프 남은 거 있으니깐!"
"아! 건더기 스프 다 익었수?
지금이라도 전자레인지에 데워 줄까?"
"김치도 모자라면 말해요. 내가 꼬불쳐 둔 거 많아!"

아! 나는 대단한 직업 정신,
서비스 정신의 총아! 강적 아저씨를 만나
완전히 놀라 버리고 두 손 두 발 다 들어 버렸다!

내가 웬만해서는 대꾸가 없자
내 주변을 서성이던 아저씨는
하릴없이 다시 매장으로 입장하고
그제야 평화롭게 우동 면발을 감상하게 되었다.

잠시 후 갑자기 물이 마시고 싶어서
물을 하나 사려고 매장으로 다시 들어갔는데
어쩐지 조용하고 내게 소홀했었다 싶었다!

짱똘 구르는 소리 ver 1.0

또 다른 타깃이 나타났나 보다.
볶음 라면에 물을 부은 어떤 처녀가
역시나 장광설 잔소리를 듣고 있었다!
"면이 다 익은 것 같으면 물을 완전히 빼요. 완전히!"
"어허~ 물을 덜 빼면 맛이 없다니깐! 내가 해줄까?"

거참! 참견 오지랖 성격이 아주~ 타고났다!

나는 놀란 가슴에 먹은 우동이라
면발들도 긴장한 듯 소화도 안 되고
원형 그대로 버티고 있더니만 산에 오를 때
면발이 뱃속에서 불어 터지면서
다들 발딱발딱 일어서는 것 같았다.

야등이 끝나고 내려오는 길에
그 편의점 앞을 지나면서 매장을 빼꼼히 살펴보았는데
늦은 시각에 젊은이들이 바글바글했다.
편의점 아저씨는 역시나 침 튀기며
손짓 발짓과 과장된 제스처로 뭔가 열심히 설명하고 있었고
계산대 앞에 늘어선 애들은 짜증스러운 표정이었다.
대략 학교 종례 시간 분위기였다.
나는 그 이후로 안락한 취식 분위기 조성을 위해
그 편의점에는 절대로 가지 않고 있으나
그 앞을 지날 때마다 한 번씩 째려보며

215

언제 한 번 다시 쳐들어가서
복수혈전 한 판의 그날을 기대하고 있다.

그나저나 나 혼자는 안 될 것 같고
한 말발, 참견 강적의 선수들로
돌격대 멤버를 구성해야 할 텐데.
누구누구를 데려가야 할꼬?
꿍~

배드민턴장의 고수

나는 배드민턴 이야기를 매우 싫어한다.
왜냐면 아픈 기억이 있기 때문이다.

예전에 친구와 단둘이 산행 중, 하산 길에
어떤 몸짱 언니들의 배드민턴 경기를
재미있게 관전하게 되었는데
경기 내용이 생각보다 재미있었고
솔직히 말하면 몸짱 언니들의 예쁜 몸매 감상을 한 게
더 확실한 재미였다고 고백한다!
열심히 운동할 때 생동감 넘치는 몸매가
은근히 뇌쇄적인 매력이 있다는 거,
그거 아는 사람은 안다!

변죽 좋은 우리는 스코어 카드도 넘겨주고
응원도 해주고 금방 말을 텄는데
복식 경기를 하던 한쪽 팀이 급한 일로
내려가 봐야 하는 모양이었는데
남아 있던 언니들이 슬쩍 던지는 도전이 있었다!

217

우리 입장에선 도전이고 그쪽 입장에선
스파링 파트너를 구하는 거였다!

까짓것, 언니들과 배드민턴 한 번 치는 게
뭐 어려울 것 없다고 생각하고 대응했는데
주책없는 친구 놈이 막걸리 내기를 제안했다!

아무 생각 없는 나는
'설마 우리가 지겠냐?'는 생각에 동조했고
막상 게임이 시작됐는데
으쩌쩌쩌~ 이거이거,
볼 때와는 사뭇 다르게, 장난이 아니었다!
스코어가 시소게임 양상으로 진행되다가
아슬아슬하게 한 게임 졌다!

그러나 간발의 차이로 진 건
다름 아닌 그 언니들의 전략이었던 것이고
나중에 들었는데 그 언니들은
실력은 실력대로 고수이고
사기 단수도 상당히 높았나 보다.

그날 그 언니들의 전략에 말려서
장장 3시간 이상을 엎치락뒤치락 엎어 쓰기까지 하다가
완전히 그로기 상황으로 끝났다!

더더욱 열 받는 건 정신을 차려보니
아까 우리가 그랬듯이
팔짱 끼고 우리 경기를 관전하던 인간들이
매우 많이 모여 있었다.

그리고 관중 중 한 양반이 내지른 멘트에
우린 두 번 죽었다!
"막상막하 게임도 재미나지만,
가지고 노는 꼴 보는 것도 재미나는구먼~!"

패잔병처럼 끌려 내려와서
술집에 자리 잡고, 잘 마시고, 잘 놀았는데
그날 이후 과도한 운동으로 인한
온몸의 욱신거림과 쑤심이
상처받은 가슴과 함께 내리눌러서
지친 몸과 정신적 상처를 치유하는 데
오랜 시간이 걸렸다.

또한 나는 그 이후에
배드민턴 라켓을 잡거나
배드민턴 이야기하기를 꺼리는 경향이 있다.
끙~

219